文春文庫

早春　その他

藤沢周平

文藝春秋

目次

早春 その他

深い霧

一

原口慎蔵には、長く忘れていたあとで、ふと思い出すといった性質の、格別の記憶がひとつある。

それはある情景で、情景としてはごく単純なものだった。裏木戸の内側で、慎蔵の母が若い男を抱きしめている、といってもその若い武士は母よりも背が高く、骨格もたくましくて、母の腕は男の肩にもとどいていないのだが、男はされるがままにじっとしていた。二人を包み込むように屋敷の中を夕霧が静かに流れ動いていたのも思い出す。

子供ながら、見るべきではない情景を見てしまったようなおそれから、慎蔵は胸をとどろかし、足音を忍ばせてその場所から引き返した。だが、そのときの慎蔵はごく小さかった。多分二つか三つごろのことだったろうと、慎蔵は思っていた。

その日、稽古が終ったあとで、風邪で寝こんでいる道場主の桂木重左衛門を見舞って、母屋から道場にもどってきたとき、原口慎蔵はひさしぶりにその古い記憶を思い返すことになった。わたり廊下を歩いてくると、道場の中で男が二人話していた。ほかに人もいないらしく声高な話し声だったので、声は筒抜けに慎蔵の耳に入ってくる。

「三人目の討手《うって》とうわさがあったあの人だな」

「そう、あの人だ」

「ふうん、国勤めに替って御奏者になられるのか」

そう言っているのは国井庄八という御小納戸《おこなんど》勤めの男である。国井はつづけた。

「器量人だそうだから、一段昇進して帰国するということだろうが、塚本の縁者の方は心配いらんのかな」

慎蔵は足をとめた。絶家になった塚本家の親戚はほかにもあるが、慎蔵も縁者の一人だった。それはもう心配いるまいて、と相手が言った。声は勘定組にいる林伝五郎という男だった。二人とも慎蔵の道場の先輩である。

「古い話だ。あれからもう二十年ぐらいはたっただろう」
十八、九年前のことだ、と慎蔵は思った。
秋の夕刻、屋敷の中を流れる霧の中で母に肩を抱かれていたのは叔父の塚本権之丞。

母の弟で、塚本家の当主だった権之丞は、その夜、藩領を出奔して討手をかけられ、遠い信州路で討たれた。藩内の抗争に巻きこまれて人を斬り、そのことが露見して領外に逃げたのだというが、慎蔵はその詳細を誰にも聞いたことがない。

いずれにしろ、慎蔵はその叔父をただ一度、いまにして思えばひそかに母に別れを告げにきたそのときの叔父を見たきりである。ほかに叔父に会った記憶はなかった。だがいま、林伝五郎と国井庄八が話していることは、雷鳴のように慎蔵の脳裏に鳴りひびく。

塚本権之丞は他国で討たれ、塚本家は絶家となった。そしてその直後に、塚本の縁につながる家家はそれぞれ、あるいは役替えとなりあるいは禄《ろく》を減らされた。慎蔵の家も家禄を七石減らされ、そして慎蔵が十のときに母の衣与が病死した。

母はもともと病弱なたちで、顔色が青白く口数少なに暮らしている人だった。しかし母は実家の塚本家では権之丞とただ二人だけの姉弟だったので、弟の権之丞が異常な死を遂げたあとは、その始末をすべて引きうけなければならなかった。以後の積もる心労が母の早い死を招いたとも考えられる。病死したとき衣与は二十八だった。

慎蔵からみればそれほどの大きな事件なのに、いまだに正確には何年前のことかもわからず、またその仔細を語る者はいなかった。他人はむろんのこと、慎蔵の肉親も母の縁者も、事件の中身についてはひとこともしゃべらず、慎蔵もまたあえてたずねなかったのだ。成長するにつれて叔父の事件は藩の秘事であるだけでなく、塚本家の秘事でもあるらしいと推測がつき、原口家の総領としてはみだりに触れるべきものでないことにも気づいたのである。

だが道場に残っている二人は、無造作に古い叔父の事件のことを口にしていた。事件のことを、人人は長い間さわらぬ神に祟《たた》りなしといったふうに、語ることを避けてきた。そのためにほとんど忘れられかけていた事件が、いまになりなまなましく眼前におどり出てきた感触が、慎蔵を動揺させている。慎蔵はとどろく胸を静めてから空咳《からせき》をひとつし、わざと廊下に足音を立てて道場に入った。

突然に現われた慎蔵を見て、二人はあきらかに間のわるい顔をした。ことに国井は狼《ろう》狽《ばい》をかくせないという感じで、林と慎蔵の顔を交互に見ると、突然に、では寄るところがあるのでお先すると言い、すたすたと道場を出て行った。そのうしろ姿に、慎蔵は今日はごくろうさまでしたと声をかけた。

国井と林は師匠の風邪が長びいていると聞いて見舞いにあらわれたのだが、見舞いが済んだあとで稽古着と竹刀を借りて、子供たちに稽古をつけてくれたのである。国井に逃げられて、まさか跡を追うわけにもいくまいと観念したか、林伝五郎は慎蔵が身支度するのを待ち、戸締りを手伝って一緒に外に出た。

「いまは貴公が実力一番だそうだな」

と林は言った。林とか国井とか、あるいは普請《ふしん》組にいる清野徳平とか、むかし桂木道場で鳴らした人人はいまはそれぞれに家を継いで勤めを持ち、そうなってから年月もたってめったに道場にくることはなくなったが、それでも道場に対する関心はうすれずにつづいているらしかった。

その証拠に、今日のように突然に現われて後輩に稽古をつけたりする。

「いや、それは違います」

と慎蔵は言った。

「師範代の小川さんがおられますし、それに次席の浅井文之進がいてそれがしなど歯が立ちません」

「小川甚九郎か」

林は親しみをこめた口調で言った。三十になる小川は、林やさっき逃げた国井たちに鍛えられた文字どおりの後輩である。時どきそのころの激烈な稽古の話を慎蔵らに聞かせることがある。

「しかし甚九郎はこの春ようやく谷村に婿《むこ》入りして、夏からせっせと会所に出仕しておる。師範代の役目は果しておるまい。それに……」

林はじろりと慎蔵を見た。

「浅井よりは貴公の方が腕は上だという評判がもっぱらだぞ」

「ただのうわさに過ぎません。事実と異なります」

ふーんと林は言った。

「貴公につづくのは誰だ。葛西か、船村か」

林も、さっきの失言から逃げを打っているのだ、と慎蔵は思った。いま歩いているひと気のない裏小路を抜けると、いきなり城下でもっともにぎやかな商人町の通りに出る。そこに出てしまえば、いま腹の中にある質問を持ち出すことはむつかしい。

林はそう読んで、時間つなぎの無駄話をしているのだ。その思惑につき合って、思いがけなくころげこんできた機会を潰《つぶ》すことはない、と慎蔵は思った。

「失礼ですが、さきほどお二人で話されていた三人目の討手というのは、どなたのことでしょうか」

林は立ちどまると、しぶい顔をして慎蔵を見た。

「やはり聞いておったか」

「はあ、たまたま耳に入りましたもので」

「ほんとうは知らん方がいいのだ。その方が貴公のためでもある」

と林は言った。しかしすぐに思い直したようにつづけた。

「しかしそうは言っても、耳に入ってしまったものを話さんというわけにもいくまい」

「ぜひ、おねがいします」

慎蔵はふたたび胸の動悸《どうき》が高まるのを感じた。叔父の権之丞を信州まで追尾して討ちとめたのは二人、野田道場に籍をおく剣士樋口宗助と穂刈欣之助だと言われている。

樋口と穂刈はその後それぞれに一人は家督をつぎ、一人は家中に婿入りして城に出仕していると聞いてはいたが、慎蔵は快くはないものの二人に怨《うら》みがましい気持を抱いたことはない。お役目だから仕方なかったと思っていた。だが今日突然に林と国井の話に出てきた三人目の討手については、ただならぬ関心があった。

国勤めに替って御奏者になるというその男は誰なのか、なぜ三人目の討手がいたのか、そして何よりも、その事実がこれまで公然と語られたことがないのはなぜなのか、と慎蔵は思う。ことに最後の疑問は、叔父の一件が長く秘事扱いされてきたこととどこかでつながっているような気がしてならなかった。

「他言せぬと誓えるか」

林は言い、慎蔵がうなずくと道の途中にある稲荷社の祠《ほこら》の前に、慎蔵をまねきよせた。

「貴公の叔父御、塚本権之丞が桂木道場の天才と呼ばれたことは知っているな」

「はい」

「天才としか言いようのない遣《つか》い手だった。おれも国井も、権之丞どのに鍛えてもらったのだ。おれたちが十七、八で、権之丞どのは二十を出たばかりだったろう」

林はむかしを懐しむような目をした。頬骨が出て顔の造作が大きい、いかつい感じの林の顔にふとやわらかな表情がうかんだ。

「藩では樋口と穂刈を討手に送り出したが、この二人に権之丞どのを討てるわけがない。ところが二人は首尾よく討ち取って塩漬けの首を持って帰国した」

おかしいという者がいたが、事実は事実だからその声は間もなく消えたと林は言い、この先はうわさだからそのつもりで聞けと念を押した。

「ところがそれから三年ほどたって、そのときの討手には江戸屋敷から三人目が加わったらしいといううわさが流れた。江戸詰から帰国した者の口から洩《も》れた話だと聞いたな」

「その三人目が、今度御奏者になられる人ですか」

「ひそかにそう言われておる。真実かどうかはわからん」

「お名前は」

「新庄伊織。もう四十を越えたはずだ」

「よほどの遣い手とみえますな」

「いまは潰れたが、むかし雁金町裏に佐久間という道場があった。流儀は無外流で、新庄はこの道場の麒麟児《きりんじ》と呼ばれた男だ。権之丞と剣才を並び称されたこともある」

「新庄伊織」

慎蔵はつぶやいた。

「これまで耳にしたことのない名前ですな」

「新庄は若いころ、江戸詰で出府すると藩に願いを上げて剣の修行を許された。そして、修行が終ると間もなく小姓組勤めから留守居に抜擢《ばってき》され、そのまま国元に帰ることのなかった人間だ。縁者はこちらにいるものの、本人は国元ではいたって馴染《なじ》みのうすい男といってもよかろう」

わしが知っているのはこれだけだ、と林は言ったが、慎蔵は喰いさがった。

「叔父の討手に加わったのは、その人が何をしていたころのことでしょうか」

「うわさだと言ったはずだぞ」

林はたしなめてから、まだ江戸で剣の修行をしていた時期のはずだと言った。そして不意に身体《からだ》をはなすと、足ばやに道の中ほどまで出て慎蔵をじっと見た。

「くどいようだが、ただのうわさかも知れん。あまりつつかん方がいいぞ」

先の方に見えている表通りには日の光があふれているが、裏小路の中はうす暗かった。もう日が傾いたのだろう。

林は身をひるがえして去りそうにしたが、もう一度振りむいて慎蔵を見た。

「おれも後輩はかわいい。だからそう言っておる」

それだけ言うと、林は今度はあとも振りむかずに去って行った。

二

「あの家だ。もう少しで出てくる」

小田切忠八はそう言うと、朝の日差しの下で突然大口をあけてあくびをした。そして、今日は非番というので昨夜は少し遅く寝た、寝不足だと言いわけをした。そして申しわけのように家の説明をはじめた。

「あの家はもとは番頭《ばんがしら》の奥野さまのお屋敷だったが、奥野さまが差立《さしたて》番頭となり、中老に抜擢されたあと、空家になっていたのだ」

「差立番頭の屋敷か。豪勢なものだな」

と慎蔵はつぶやいた。差立番頭は筆頭の番頭のことで、城中での席次は小姓頭のつぎにくる重い役職である。一小姓から御奏者にすすみ、いまは差立番頭の元屋敷に入っている新庄伊織のすばやい出世ぶりが気持にひっかかった。

「家族がいるだろう」

「妻女と実の母親、子供はおらんという話だ」

言ってから、忠八は警戒するような目を慎蔵に回した。

「何でそんなことまで聞くんだ、おい。おれを変なことに巻きこむなよ」

「そんな心配はいらんと言ったろうが。胆の小さいやつだ」

と慎蔵は言った。

慎蔵と忠八は子供のころともに藩校に学び、気が合って桂木道場にも一緒に入門した。剣の方は才能というものがあるらしく、忠八の腕前はあまりのびなかったが、そういうこととは関係なく二人は昵懇《じっこん》のまじわりをしてきた。二年前に忠八が家督をついで近習《きんじゅう》組《ぐみ》に出仕するようになってからも、変らず友達づき合いがつづいている。

「そう言うけどな、慎蔵。城勤めとなるとそりゃ気を遣うぞ」

忠八はまだ日焼けが残る丸い顔に、憂鬱そうな表情をうかべた。

「はやく近習役を勤め上げて、おやじがやっていた郷方《ごうかた》回りに出してもらいたいものだ。おれにはその方が性分に合っている」

「そうかも知れんな。城勤めの窮屈さはわかるような気もする」

と愼蔵は言った。小田切忠八の父親は若い時から郷方役人を勤め、致仕《ちし》して家督を忠八に譲るまえは郡《こおり》奉行だった。愼蔵が好ましく思う忠八ののんびりした性格は、そういう家の勤めと多少は関係があるようにも思える。そう思わせるもの、ひと口に言えばどこか土くさい感じが、小田切家にはあった。

「道場に通っていたころだが、時どきおやじのあとについて馬で山に入ったものだ。植林の検分に駆り出されたのだが……」

忠八は言葉を切った。そしてあれが新庄どのだとささやいた。

屋敷町の中ほどにある新庄家の門がひらいて、供をしたがえた男が出てきたところだった。目立つほど風采のいい男だった。林伝五郎は新庄伊織を四十過ぎと言ったが、とてもそんな齢《とし》とは思えず、三十半ばにしか見えない。長身というほどではないが上背があり、腰から背にかかる身体の線がぴしりとのびている。そして愼蔵が立っている場所からは横顔しか見えないが、それだけで十分美男子だとわかった。

その男、新庄伊織は見送りに出たもう一人の家僕にうなずいてから城の方角に歩き出した。しかし三歩ほど歩いたところで足をとめると、すばやく振りむいて愼蔵を見た。愼蔵と伊織の間には十間近い距離がある。だが伊織は愼蔵を見ていた。忠八には目もくれなかった。

凝視は束《つか》の間《ま》だった。新庄伊織はすぐに背をむけて歩き出した。華奢《きやしや》といってもいいほどの細身の身体が、ゆっくりと遠ざかって行くのを慎蔵は見送り、つめていた息を吐き出した。

——きざな男だ。

一分の隙も見せずに立ち去った男に、慎蔵は胸の内で悪態を浴びせた。一気に予期しなかった敵愾心《てきがいしん》が盛り上がるのを感じる。だがそれとはべつに慎蔵の胸にはひやりとしたものが残っていた。新庄伊織が残していったものだ。あれはまちがいなく修羅場をくぐったことのある男だと思った。その修羅場は、叔父の権之丞を討ちとめたときだろうか。短い凝視だったが、慎蔵はその凝視に新庄に抱くひそかな敵意を読まれた気がしている。

「どうした」

と忠八が言った。

「これでおれは御役ごめんか」

「いや、非番のところを済まなかった」

「どうだ、これからおれのところにこないか。少し話したいことがある」

忠八は言ってから急に、おい、どうしたんだとおどろいた声を出した。

「慎蔵、おまえ顔いろが青いぞ」

三

叔父の権之丞が斬った相手が誰か、お聞かせねがえませんかと慎蔵が言うと、父の原口孫左衛門は書見台を押しやって、ゆっくりと慎蔵に向き直った。

「それを聞いてどうするつもりだな」

「いえ、どうするというのではありませんが、ここ二、三年叔父御の事件が気になりまして、父上がご存じのことだけでもお聞きしておきたいと思うものですから」

「そんなことは知らんでもよい」

「しかし叔父は亡き母のただ一人の肉親でありましたし、現にこの家も事件によって家禄を減らされております。父上のお言葉ですが、知らないでいいとは思いません」

「慎蔵」

と孫左衛門は言った。

「わしは来年いっぱいいまの職をつとめて、そのあとはおまえに家督を譲って隠居したいと思っている。そういう大事のときだ。妙なことに心を惑わしてはならん」

「……」

「塚本の一件はくわしく知らん方がいいというのはだ、そのことが藩の秘事とされているからだ。このことについてはしゃべるなということだ。権之丞の事件があったあと、藩政の舵をとる家老、中老、ほか一部の重い役職の方方が交代した。血なまぐさいこともなく、静かな交代だった。血なまぐさいことは塚本の一件で終りにし、この話を蒸し返すことはすまいと両派の話がついたということだ。ゆえに、誰もこの事件の中身については語らぬ」

「権之丞叔父の死に損ということですか」

「かッ！　何を言うか」

孫左衛門は一瞬、顔を朱に染めた。だがじきに顔いろを元にもどし、静かな口調でつづけた。

「わしとしては、出来ればわしの代に減らされた禄をもとに戻したかったが、それはあきらめた。いまの執政の顔触れが変らんうちは、いかんともしがたいことだ」

「光村さまたちのことですか」

「そうだ」

と孫左衛門は言った。いま藩政を動かしているのは光村派と呼ばれる人人で、光村帯刀《たてわき》は筆頭の家老である。対する旧政権の人人は秋庭派と呼ばれ、いま派の中心となっているのは組頭の猪狩忠左衛門だというが、政権からはなれたこの派の影は甚だうすくて、誰が秋庭派かははっきりしない。

こうした現在の姿は慎蔵にもほぼわかっていた。そして秋庭派から光村派へと劇的な政権の交代が行なわれた裏に、詳細は知れないものの叔父の権之丞の事件が大きくかかわり合っていることも、父に聞くまでもなく大体の見当はついていた。光村派はいま上は執政府から下は無役の平侍にいたるまで、なにかと藩政の余沢をうけ、わが世の春を謳歌していた。

その光村派からはじき出された形の原口家の立場をたしかめるように、孫左衛門はさっきは答えることを拒んだ慎蔵の質問に触れてきた。

「権之丞が暗殺したのは、光村派の実力者で尾島小七郎というおひとだ。つまりいま中老職におられる尾島作左衛門どのの父御だ」

尾島小七郎は組頭の家柄で、当時は光村派の知恵ぶくろと言われていた。衰退して長い間生彩を失っていた光村派を、秋庭派に対抗出来る勢力に育て上げたのは尾島だと言われ、派閥の中の人望も厚かった。

「事件はその器量をおそれた秋庭又左衛門どのが、手を回して権之丞に尾島どのを暗殺させたのだと言われている。もっとも真相はわからぬ」

孫左衛門は口をつぐんだ。そこまで話してしまったことを悔むように慎蔵をじっと見てから、またつづけた。

「わしも塚本の縁者だ。むろんそのへんまでは調べたのだ」

「秋庭又左衛門という人が、秋庭派の頭だった人ですか」

「当時の筆頭の家老だ。政権を光村派に譲ったあとは派はみるみる逼塞《ひっそく》して、三年後から四年後には秋庭さまご自身も病死したが、葬儀はさびしいものだったそうだ。世にときめいていた人がいったん落ち目に転じるとそんなものだ。そのころ秋庭派から光村派に鞍替えした者も多かったらしいの」

「わが家はいかがですか」

「わしは派閥には与《くみ》しなかった。小禄なりといえども藩政の監察にかかわる者は、派閥に属すべきではない」

原口家は代代勘定目付をつとめる家だった。藩庫の金銭の出納を見とどけるのが役目である。しかしそう言ったことで孫左衛門は、小禄の中から七石を削られたことをふたたび思い出したらしかった。

「おまえも承知しておくといいが、光村派の支配がつづくかぎり削られた七石はまずもどらん。ご先祖さまには申しわけないことになったが、しかしまたそのあと何事もなくここまで来られたのは幸運だったとも言える。あれは塚本の縁者と言われぬよう、わしも懸命に勤めたからの」

慎蔵は父を見た。燭台の光に半白の髪をして、こけた頬を持つ初老の男の顔がうかんでいる。小心翼翼とあたえられた職を勤め上げ、再婚もせずに通してきた男の顔だった。そういう父に同情しないわけではないが、いまのような言葉を聞くと、それでは死んだ母や権之丞叔父がかわいそうではないかという気もしてくる。慎蔵が無言でいると、孫左衛門はなだめるような口調で言った。

「わしが知っていることはすべて話した。これで気が済んだか。気が済んだらもう塚本の一件は口にするな。つついたところで何の益もない」

「………」

「そうそう、本家から太田の娘との縁組みをすすめられておる。太田の家は上士だ。あそこと縁組みができれば、あとあとわるいようにはせぬだろう。家督をつぎ、嫁をもらって落ちつくのだ、慎蔵。古いことは忘れろ。いいか」

一礼して慎蔵は父の部屋を出た。つぎの部屋には寒気と闇が淀んでいた。その部屋を横切りながら、慎蔵は否《いな》と思った。

叔父の事件で日があたった男たちがいる。言ってみれば光村派全体がそうなのだが、それは父の話によれば当時の筆頭家老秋庭又左衛門が叔父に尾島小七郎を暗殺させたのが原因だという。しかしそのことがなぜそんなにはやく、反対派の光村に知れてしまったのか、秋庭は失策を犯したのか、そうだとしたらその失策はどういうものだったのか、すべては謎だった。

謎はもうひとつある。三人目の討手新庄伊織の異常ともいえる昇進ぶりである。新庄の家のもとの家禄は知らないが、江戸屋敷で小姓組に勤めたといえば禄高は百石以下である。しかるに留守居は二百石から二百五十石、御奏者は三百石から家柄によっては四百石をもらう役目で、そこまでいけばもはや上士である。このにわかな加増は、討手としての論功行賞としてはむろん多すぎるし、また本人の器量、人物を認めてのことだとしても尋常とはいえないだろう。

父の孫左衛門は話すことは話した、あとは塚本のことは忘れろという言い方をしたが、父の話で事件の中身がわかったわけではなかった。肝心のところは何ひとつわからず、むしろ叔父の事件を包む霧が前よりも濃くなっただけだった。

嫁をもらって母や叔父のことを忘れることなどは出来ない、と慎蔵は思った。慎蔵が抱く敵意を読みとっただけでなく、歯牙《しが》にもかけずに背をむけた男に対する敵愾心がまた腹の底を熱くしたが、慎蔵にはこのあとどこから手をつけたらいいのか、少しもわからなかった。

茶の間の火桶に手をかざして考えにふけっていると、台所の声がやんで、茶の間の襖《ふすま》があき、妹の小文が顔を出した。

「兄《あに》さま、茶をお持ちしましょうか」

と小文が言った。台所で飯炊きのとよとバカ笑いしていたのはこの娘らしい。小文は嫁に行った姉の芙佐にも慎蔵にも、そういえば原口の家の誰にも似ない活発な、といえばほめことばになるが、要するに軽躁なところのある娘だった。

十七にもなってこういうことでは困ると慎蔵は思い、日ごろ気づいたときは小言を言う。いまもうなずいたあとでたしなめた。

「話し声が大きいぞ。桑山の叔母のようになったらどうする」

桑山の叔母というのは御供頭の桑山にとついだ父の妹で、男のように活発な立居ふるまいと大声で、親戚の女たちの顰蹙《ひんしゅく》を買っている婦人だった。

「それに嫁入り前の娘が、あんなあごがはずれるような笑い方をしてはいかん」

「兄さま、それは誤解です。笑ったのはとよですよ」

小文は心外そうに言ったが、これからは気をつけますると神妙に詫《わ》びた。その小文はじきに茶をはこんできたが、目もとにうすい笑いをうかべながら慎蔵を見て、立とうとしない。

「何か、用か」

茶碗を盆において慎蔵が言うと、小文はひと膝《ひざ》にじり寄ってきて声をひそめた。

「おとうさまのお話は何ですか。兄さまのお嫁の話ですか」

「ふむ、そんなことも言われた」

慎蔵は面倒くさくてそう言った。

「本家から太田の娘はどうかとすすめられているという話だった」

「太田の多喜さまでしょ。わたしも耳にしましたが、あの方はおやめなさいませ」

小文はきっぱりと言った。太田は本家の妻女の親戚で、御使番を勤める上士である。

「多喜さまはもう二十になる嫁《ゆ》き遅れですよ、兄さま。それというのも家柄を鼻にかけるから嫌われているのです」

小文はどこから仕入れた知識なのか、なかなか辛辣《しんらつ》なことを言い、また目もとにさっきの奇妙な笑いをうかべた。そしていよいよ声を小さくした。

「お嫁をもらうときは美尾さまになさいませ」

「美尾？　どこの美尾だ」

「塚本与惣太さまの末娘ですよ」

慎蔵はにが笑いした。

塚本与惣太は権之丞の父の従弟で、馬乗り役という荒っぽい役を勤め、貧しさと偏屈人で親戚中に知られている男だった。慎蔵はがぶりとお茶を飲み干した。

「よし、考えておこう」

小文は目の笑いをひっこめて、かならず美尾さまになさいませ、桑山の叔母さまにたのめばちゃんとはからってくれますからと太鼓判を押し、そしてわたしがこう言ったことはお父さまには内緒ですよとつけ加えた。

四

なすところなく日が過ぎ、雪が降り、その寒い冬も去った三月の末に、慎蔵は寺前町の北はずれにある野田道場で、子供たちの剣術試合を監督していた。

試合は桂木道場と野田道場の間に行なわれる恒例の春の撃剣試合で、この試合に出場出来るのは十歳から十五歳までの少年だが、もちろん両道場選りすぐりの少年たちの試合である。子供たちの試合だからたわいもないといえばたわいないが、中には将来の剣才を窺《うかが》わせるに足る竹刀を遣う子供もいて、目がはなせない。

ところが慎蔵は途中から、一人の男が時どきちらっちらっと自分を見るのに気づいた。試合を見ているのは桂木、野田の高弟だけでなく、両道場の先輩たち、試合のことを知って駆けつけてきた非番の剣術好きの家中など、かなりの人数の男たちが壁ぎわにならんで、無言で試合を見物していた。

慎蔵に視線を流してよこすのはその中の一人だった。男はちらと慎蔵を見、慎蔵が見返すとさりげなく視線をはずす。さっきからそういうことを繰り返している。四十近い男である。

「少したずねる」

慎蔵は野田側の代表で隣に坐っている高弟の早坂牧之助をつついた。

「あのひとは野田のかかわり合いのひとかな」

「どのひとだ」

「右の隅から六、七人目というところにいるご仁だが、あ、いまこっちを見たひとだ」

「当道場の先輩、樋口宗助どのだ」

「ははあ、樋口どの」

慎蔵は心ノ臓が一瞬波立ったのを感じた。だが胸はすぐに平静さを取りもどした。そうか、あれが叔父の討手の一人樋口かと思い、会うときはもとめなくとも突然にやってくるものだとも思った。

「われわれも知らんことだから多分ご存じないと思うが、むかしは当道場で鳴らした人だったらしい」

事情を知らないらしい早坂が言うのにうなずきながら、慎蔵は樋口宗助を見つめた。樋口はやや鬢《びん》の毛の後退が目立ち、人なみはずれて顔の長い男だった。顔いろが黒かった。婿入りして普請組に勤めているというのは、この樋口だったかも知れないと慎蔵は思った。

すると慎蔵の凝視に気づいたらしい樋口が、間もなく人を掻《か》きわけ、蟹のように横に歩いて道場を出て行った。

「ちょっとあとを頼む」

慎蔵は、両隣にいる早坂と桂木道場から一緒にきている葛西万次郎の二人にささやくと、立って樋口のあとを追った。

あかるい春の日差しが、どことなく埃っぽい場末の町を照らしていた。片側に小商いの店や職人の家がつづき、片側は空き地や材木置場という寺前町の道を、樋口はいそぎ足に遠ざかるところだった。慎蔵は走って追いかけた。

「樋口宗助どの、お待ちください」

追いついてうしろから声をかけると、樋口は足をとめてすばやく振りむいた。そして慎蔵のそれ以上の接近を拒むように片手をぱっと前に出すと、日焼けした顔にうす笑いをうかべた。

「おっと、待った」

樋口は芝居がかったしぐさで、前に出した手をひらひらと振った。

「塚本の縁者である原口の伜《せがれ》が、人目のあるところでおれと立ち話などしたりしていいのかな」

「それがしが原口の伜だと前から知っておられたのですか」

「そりゃあ知ってるとも」

樋口は大きくうなずいた。

「桂木道場の俊才原口慎蔵、血は争えんということかな。権之丞も天才だった。その原口がいつ叔父のかたきと名乗りかけてくるかわからんのだ、貴公から目ははなせぬ」

「まさか」

慎蔵はにが笑いした。

「叔父の討手をつとめられたのは藩のお役目、私怨《しえん》とは違います。そのぐらいのことはわきまえております」

「そうか、わかっておればよい」

樋口は言ったが、まだ疑わしそうな表情を解いていなかった。

「しかし、原口慎蔵がほかにおれに何の用があるのだ」

新庄伊織どのが第三の討手に加わったいきさつをお聞かせねがいたい、と慎蔵は言った。

「新庄伊織か」

樋口は足もとにかっと痰《たん》を吐いた。

「秋庭さまのお屋敷に呼ばれて討手を仰《おお》せつかったときは、新庄のことなど考えもしなかったのだ。討手はおれと穂刈の二人、塚本権之丞は難敵だが、力をあわせて討ちとめ、剣名を挙げようとおれも穂刈もふるいたったものだ」

秋庭又左衛門の屋敷に呼ばれたのは権之丞が藩領を出奔した翌朝のことで、行ってみると秋庭のほかに猪狩、依田といった当時の執政のほかに、樋口たちからみれば意外な人物、光村帯刀がいた。

しかし事件の概要を聞いて、その場に対立する派閥の長である光村がいる理由はすぐにわかった。そして樋口と穂刈は旅費をもらってそれぞれに家に帰り、旅支度をととのえにかかったのだが、その途中に光村から使いがきて、江戸屋敷に寄ったらわたすようにと手紙を託された。

「あて先は宇野覚兵衛、当時の江戸家老だ」

「宇野さまと言いますと」

「いまの宇野中老の父親だ」

上意討ちの相手を追って領外に出たとき、藩主が在府の場合は、討手は江戸屋敷に寄って江戸家老か御小姓頭にその旨をとどけ出る。上意討ちの形をととのえるのだ。その上で長旅のときはそこで一日ぐらい休息することもあるし、場合によっては旅費を足してもらったりもする。

「ところがご家老に光村さまの手紙をわたすと、とんでもないおまけがくっついてきた」

「新庄さまのことですか」

「そうだよ」

樋口は今度はそばの空き地にむかって痰をとばした。そして普請組の工事で鍛えたダミ声で、いまもそうだが、あいつはいや味な男だったと言った。

「そのときも権之丞のことはおれにまかせろという態度でな。おまけにすっかり江戸ふうに染まって、おまえら田舎者とは話もしたくないと言わんばかりだったから、おれと穂刈は大いに憤慨したものだ。もっとも……」

樋口は長くて黒い顔に、またうす笑いをうかべた。

「権之丞を討ちとめたのは新庄だ。いや、大方は一対一の壮絶な斬り合いでな、いまもあのときのことを思い出すと盆のくぼの毛が逆立つ。おれと穂刈は手も足も出なかった。討ちとめはしたものの、新庄も重い手傷を負ったよ」

慎蔵はまたはげしい敵愾心が腹の中に動くのを感じた。その気持をおさえて聞いた。

「新庄さまを討手に加えたのが、執政府でなくて光村さまだったというのは、なにかわけでもありますか」

「おぬしは知らんだろうが、新庄は江戸詰のときに藩に剣術修行の願いを上げたのだ」

「いや、それは人に聞いて知っております」

「おや、そうか。そのとき反対が多かったのを口添えしてのぞみをかなえてやったのが光村さまだよ。二人はそういうつながりだ」

「………」

「光村さまはわれわれ二人だけでは心もとないと思われたのだろうて、ケッ」

樋口はまた痰をとばした。

「権之丞をかならず討ちとめたかったのだ。なにしろ頼みとする光村派の柱を暗殺されたのだからな」

「しかし叔父はなぜすぐにわかるような暗殺を引きうけたのでしょうか」

「そんなことはおれに聞いてもわからん。猪狩さまにでも聞いたらどうだ。秋庭派もそういつまでも光村の下風に立ってはいられないというので、ちかごろひそかに人をあつめて集まりをひらいているらしいぞ。おぬしが行ったら猪狩さまは喜んで会ってくれるんじゃないのかな」

樋口宗助は話は終ったという身ぶりをしたが、ふと思い出したように言った。

「おかしいなと思ったことがひとつあった。おれなどは塚本権之丞は光村派だと聞いていたのだ。しかし尾島小七郎を暗殺したところをみると、やはり本来は秋庭派だったのかな」

これでいいか、おれもいらぬことまでしゃべったからこれで貸し借りなしにしてもらうぞと言うと、樋口は背をむけそうにした。慎蔵はあわててもうひとつうかがいたいことがあると言った。

「加増はうけられましたか」

「加増？　事件のあとでか」

樋口宗助はにたりと笑った。

「加増とは大げさな。ご褒美と言ってもらいたいものだ。ご褒美ならおれも穂刈も金五両ずつだったな。他国まで行って塩漬けの首をはこんできたごくろう賃というわけだ。ま、部屋住みだったし、働きからいってもそんなものかも知れんて」

それにしても新庄伊織との差が大きすぎないかと慎蔵が思っているうちに、樋口はにわかに忌むべき人間のそばから逃げるように、いそぎ足に立ち去った。

樋口宗助が叔父について言った最後の言葉は、しばらくの間慎蔵の頭からはなれなかった。もともと光村派だったとすれば、叔父は秋庭派に買われて、恥ずべき暗殺をやったということだろうか。

否と慎蔵は思った。そう思わせるのは、母とわかれを惜しんでいた叔父の姿だった。いまふり返ってみれば、そこにはなにかよんどころない境涯に突きおとされた者の悲しみが濃密にただよっていたように思うのだ。そしてその悲しみを母がともに分けあっていたことも見えてくる。真相はまだ霧の奥にある、と慎蔵は思った。

五

数日して、慎蔵は組頭の猪狩の屋敷をたずねた。樋口はああ言ったが、部屋住みの自分に派閥の頭である猪狩がはたして会ってくれるかどうかと慎蔵は思っていたのだが、案じることはなく案内を乞うとじきに、慎蔵は猪狩の部屋に通された。

二、三度外で見かけたことがある猪狩忠左衛門は、いまは五十半ばになっているだろう。以前に見たときよりも白髪がふえて、固太りの頑丈そうな身体つきに変りはないものの、家の中では眼鏡をかけていた。慎蔵が部屋に入ると、猪狩は見ていた書類を机にもどして眼鏡をはずすと、気さくに声をかけてきた。

「原口の倅か。慎蔵というそうだな」

「はい、お見知りおきを」

「評判は聞いとるぞ。桂木道場で一番の遣い手だそうではないか。頼もしいの」

慎蔵はあえて訂正しなかった。いちいち訂正するのもわずらわしいことだが、本音をいえば、近ごろおれの剣は師範代の小川、次席の浅井を越えたと自覚することがあるせいでもある。

猪狩は上機嫌で言った。

「その桂木道場の剣客が、今日は何の用があってわしに会いにきたかな」

「叔父の塚本権之丞のことで、少少うかがいたいことがあってまいりました」

慎蔵が言うと、猪狩は急にしぶい顔をした。

「古い話だの」

「おそれ入ります。しかし二、三お聞きしないことにはどうにも落ちつかないことがありまして」

「原口」

猪狩は改めて慎蔵を呼んだ。しばらくの間するどい目で慎蔵を眺めてから言った。

「塚本の一件は藩の秘事とされておる。両派が手を打って、両派というのはわかるな、こちらと光村のことだ、両派が手を打って以後この件については語るべからずとした。つまり表に出してはならん話としたのだ。このことは聞いておったかな」

「は、あらましは父から聞いております」

「よし、それでもきたというならやむを得ん。そなたは権之丞の縁者だ。わしが知っていることは話そう。他言せぬと誓えるか」

「はい」

「よろしい。聞け」

「叔父は」

と言って、慎蔵は息をととのえた。問題の核心に触れつつあるという切迫した感情にとらえられている。

「叔父はもともと光村派だったが、秋庭さまが手を回して叔父を使嗾《しそう》し、尾島さまを暗殺させたと聞いております。事実でしょうか」

「正直に答えるぞ。そのつもりで聞け」

と猪狩は言った。

「権之丞は光村派ではない。人にそう思われていただけだ。また秋庭どのが尾島を暗殺させた事実はない」

「では、誰が」

慎蔵はおどろいて言った。

「さあ、それはわしにはわからん。近ごろ、こういう筋書きかというものが見えてきているが、証拠はない」

「尾島さまを暗殺させたのでなければ」

慎蔵は猪狩の目を見返した。

「秋庭派はなぜ光村さまに執政府を譲ったのでしょうか」

「尾島が殺され、権之丞が出奔した直後に、光村が単身秋庭どのの屋敷に乗りこんできて、わが派を脅迫したからだ」

「脅迫でございますか」

慎蔵は目をみはった。思いもしなかった事実である。猪狩はうなずいた。

「われわれも呼び出されてその場に立ち合ったからよくおぼえているが、光村はこう申したな。塚本権之丞はわが派のように見せかけていたが、事実は秋庭派の回し者だった。今度の事件は、出奔した権之丞を使って切れ者の尾島を殺害し、わが派の勢いを削《そ》ごうとする秋庭どのの陰謀である。この事実が公表されれば秋庭派が潰滅《かいめつ》するのはもちろん、司直の手が回って主だった者がすべて罪名を着ることになるのは明白だと」

「しかしそれは、さきほど事実ではないと言われたではありませんか」

「半分はな」

と猪狩は言った。

「尾島を殺させたというのは事実と違う。しかし権之丞は光村が言うように、わが派の回し者だった。光村に接近してむこうの動きをさぐっていたのだ。この弱みがあるので、われわれも光村の脅しに抗し切れなんだ。かれの言うように、公表されれば尾島の一件だけは違うと申しても誰も信用せん」

「それで政権の委譲を」

「それが光村の持ち出してきた条件だった。黙って政権をわたすなら事は秘密に葬ろうと。こっちはその取引きに乗ったということだの。派閥の傷を浅くして事をおさめたのだ」

そのとき、慎蔵の脳裏に突然にこれが事件の真相かと思われるものがくっきりとうかび上がってきた。それはさっき猪狩が筋書きが見えてきたといったものと同一のことかも知れなかったが、ただ一点まだ不明なところがあった。

慎蔵が深深と頭をさげて礼を言うと、猪狩は急に機嫌のいい声を出した。

「二十年もたつと政権も腐る。ここ数年の光村派の執政ぶりは退廃目にあまるところがあってな。わが派も政権交代すべしという観点から、活発に人をあつめて藩政を論議しておるところだ。どうだ、そなたの頼みをきいてわしは秘事を打ち明けた。そのかわりといってはナニだが、そなた、わが派閥に与せぬか。わが派に原口慎蔵が加わったとなると、こりゃあ人があつまる。わしも派の頭として面目をほどこすことになるがの」

考えさせていただくと言って、慎蔵は部屋を辞した。すると廊下を数歩行ったところで、うしろから猪狩に呼びとめられた。慎蔵がもどると、猪狩は立ったまま声をひそめて意外な人間の名を口にした。

「塚本与惣太を知っておるな」

「母の縁者でございます」

「一度与惣太をたずねてみてくれぬか」

何年か前に与惣太が屋敷をたずねてきて、権之丞が尾島を暗殺したのは光村の陰謀だ、その証拠をにぎっていると言ったのはいいが、与惣太はその日酒気を帯びていてろれつが怪しかった。そこで猪狩は、酒をさまして出直してまいれと叱責して追い返したのだが、与惣太はそれっきり顔をみせず、一方こちらもいそがしく日を過ごしているうちに何年かたってしまったと猪狩は言った。

「与惣太は馬乗り役だが、むかし馬場にきた先代の殿をそのころ一番の荒馬に乗せて、重役連中をふるえ上がらせた男だ。変り者だから証拠云云《うんぬん》もそのときはいい加減に聞き流したのだが、このごろしきりに気になってきた。行ってたしかめてくれぬか」

六

塚本与惣太は長らく会わないうちに、髪が半白に変っていた。齢は五十を過ぎているだろう。だが日焼けした顔、小柄ながら強靭《きょうじん》な手足を持つ男という印象に変りはなかった。眼光もするどい。

「よう、衣与どのの息子。やはりそなたが来たか。待っていたぞ」

与惣太は慎蔵を眺めまわしながら言った。馬体を吟味するようなするどい目つきをしたが、やがてその目の光をふっとやわらげて、上がれと言った。

慎蔵が猪狩に言われたことを告げると、与惣太は黙って部屋を出て行った。そしてもどってくると慎蔵の前に一通の書状を置いた。

「権之丞の置き文だ」

と与惣太は言った。

「あとで読めばわかるが、ひと口に言えば、光村帯刀に命じられて尾島を斬ったと書いてある」

やはりそうか、と慎蔵は思った。血が沸き立った。光村は派閥内における尾島の人望が、いつの間にか、自分を追い越してしまったのを感じて焦っていたのではないか。権之丞に尾島を殺害させれば、派閥内の競争者を抹殺出来るだけでなく、罪を秋庭派にかぶせて政権交代を迫ることもねらえる。

光村は一石二鳥のこの構想に取り憑《つ》かれてしまったのではないか、というのが、さっき猪狩と話している間に慎蔵の頭にうかんできた考えだったのである。そして事は光村の思惑どおりにはこんだのだ。

「光村は尾島は派閥の裏切り者と判明したから抹殺しなければならんと言い、権之丞に暗殺を指示したあと、事件の後始末についてはこう言ったそうだ。権之丞はいったん領外へ逃げる、しかし大目付はわが派の人間だ、そしてそなたは秋庭派の人間だ」

与惣太はここで言葉を切った。そして、こう、ずばりと言われては権之丞もふるえ上がったろうて、と感想をのべた。

「事を小さくおさめてそなたを、権之丞のことだ、そなたを帰藩させるのはわけもない。光村はそう言ったと書いてある。それで権之丞は逃げ場を失って結局暗殺を引きうけたのだ。尾島小七郎は光村派の実力者なので、尾島をのぞけばのちのち秋庭派に有利になるかも知れぬとも思ったと書いてあるが、甘いな」

「暗殺の言いわけとも考えられます」

「しかし尾島を斬ったあと、権之丞は光村の罠にはめられたという気持がにわかに強まったらしい。それでこの置き文を書いて、出奔する夜にわしの家に投げこんで行ったのだ」

与惣太はそこで奥の方をむいてぱんぱんと手を鳴らした。そしてわしから話すことはそれだけだと言った。

「置き文の処分はそなたにまかせる。さて、少し酒でも飲もうか」

「いや、そうもしておられません。こちらもそろそろ夕食の時刻でしょうし、帰ります」

「なにを遠慮しておる。飯など一緒に喰っていけばいいではないか」

と与惣太は言い、また奥の方をむいて手を打つと、おい、誰かいないのかと大きな声を出した。

すると遠くで返事がして、小さな足音が聞こえたと思うと紙が黄ばんだ古びた襖があいて、襷《たすき》をかけた若い娘が顔を出した。

「あ、お客さまですか」

娘は目をみはり、いそいで襷をはずすと、慎蔵に挨拶した。顔が赤くなったのは、真白な二の腕まで慎蔵に見られたからだろうか。娘は小さい声で、言ってくだされればお茶をお持ちしましたのに、と父親を難じた。妹の小文に見せたいような、つつましい言い方だった。

「これが末娘の美尾だ」

と与惣太は自慢そうに言い、一拍置いてからあまり気のすすまない口調で、これが、ほれ、原口の衣与どのの息子だと慎蔵を美尾に引き合わせた。そして自分の態度にいくらか気がさしたか、慎蔵どのは桂木道場で筆頭の剣士だと披露してくれた。与惣太の認識は事実と少し違っていたが、慎蔵は黙っていた。

「酒がまだあったろう。お燗をして持ってこい」

と与惣太が娘に言ったが、慎蔵は今度は帰るとは言わなかった。坐り直して聞いた。

「一度猪狩さまの屋敷に行かれたそうですが、どうしてその後出直さなかったのですか」

「猪狩忠左衛門は近ごろはつらがまえも派閥の頭らしくなって、光村に対抗する気力が出てきたようだが、わしが様子を見に行ったころはまだ腰が据わっていなかったな。光村に落度を拾われぬように汲汲《きゆうきゆう》としておった。亡くなられた秋庭さまとは、やはり人物に差がある。そういう男に真相を打ち明けるのも気がすすまぬから、行かなかったのだ」

与惣太はえらそうに言った。

「さればといって大目付の相良金太夫は光村派だったし、証拠は手の中にあるものの、わしも進退に窮した思いをしたものだ。ただここ三、四年前から、そなたの剣名が聞こえてきた。それを聞いたとき、わしはこう、何か知らんがいつかそなたがわしをたずねてくるような気がしておったのだ」

　与惣太はまたやわらかい目で慎蔵を見た。

「この置き文をどうしたらいいとお考えですか」

　と慎蔵は言った。

「やはり猪狩さまに預けるべきでしょうか」

「それは考えものだぞ、慎蔵」

　と与惣太は言った。

「派閥の頭はまず派閥の利というものを真っ先に考えるからの。置き文を餌に光村派と変な手打ちなどやられたら権之丞はうかばれん。それどころかそなたの身も、危うくなりかねんぞ。持って行くとすればやはり大目付のところかな」

「しかし大目付は光村派だと」

「そなたも世間にうといな。大目付は二年前に交代した。今度の大目付川重喜十郎はなかなかの人物だという評判だ。光村ともかかわり合いはないらしい」

　与惣太がそう言ったとき、美尾が酒と膳をはこんできた。何も馳走がなくてお恥ずかしゅうございます、と美尾は言ったが、膳はたしかに貧しいといえば貧しく、大いそぎで焼いたらしいするめを裂いたのと川魚の燻製《くんせい》らしいものの片身、茄子の古漬けだけだった。だが慎蔵の胸はなぜかあたたかいもので満たされた。

燭台の用意をして美尾が出て行くと、男二人は盃を上げて酒を酌み合った。

「新庄伊織という男を知っていますか」

慎蔵が言うと、与惣太は燻製の魚にかぶりつきながら、知らんな、何者だと言った。

「叔父の討手の一人です」

「討手？　討手は樋口宗助と穂刈欣之助ではなかったのか」

と与惣太は言った。

慎蔵の胸に、遠い他国で命を落とした叔父をあわれむ気持がひろがった。そしてその気持はすぐに光村帯刀に対する強い怒りに変った。いまはすべてがあきらかだった。

樋口宗助は、派の柱石である尾島を殺された光村が、暗殺者をかならず討ちとるために新庄を討手に加えたのだと言ったが、むろん事実はそんな殊勝なことではないだろう。

光村は黒黒とした自分のたくらみを知るただ一人の人間である権之丞が、樋口と穂刈を斬り伏せて生きのび、いつの日か生還してくることを恐れたのだ。だから新庄を討手に加える工作をし、しかもその事実を出来るだけ国元の目から逸らすために新庄を留守居に抜擢して、長く江戸詰にしておいたのだ。

新庄の昇進ぶりは目をみはるほどのものだが、負託にこたえて見事に使命をはたした新庄伊織をいくら加増したところで、権之丞が帰ってきてわが身を破滅させることにくらべれば高が知れていると、光村は思っただろう。

光村帯刀は悪党だ、と、慎蔵はわきあがる怒りの中で思った。

七

「いま懐にある叔父の置き文をこれから大目付どのに差し出せば、まずこちらの派閥はつぶれ、その上尾島さま殺害の罪でご家老も司直の手で裁かれることになるでしょう」

そう言うと慎蔵は、尻下がりに襖ぎわまでさがった。そしてもう一度光村帯刀を凝視した。

「黙って大目付の屋敷に駆けこんでもよかったのですが、やはり叔父の命をもてあそんだ人物にひと目お会いし、失礼ながら悪党ぶりを拝見したいと思って参上した次第です。悪しからず」

一礼して腰を上げようとしたとき、それまで無言だった光村が言った。

「そんなものを誰が信用するものか」

光村は声を出さずに笑った。好敵手の尾島を屠《ほふ》り、単身秋庭屋敷に乗りこんで政権を奪い取ったころの光村は、野心に燃える颯爽とした悪党だったろう。だが二十年の藩政支配は、光村の身体にも精神にも得体の知れない贅肉のようなものをつけ加えたように見える。声を出さずに笑っている光村には人間ばなれした不気味さがあった。

慎蔵はいそいで光村帯刀の屋敷を出た。そして少し遠回りして若松町の新庄伊織の屋敷が見えるところに出た。慎蔵は光村に罠をひとつ仕かけてきたのである。権之丞の置き文は、光村の屋敷に行く前に大目付の川重喜十郎をたずね、あずけてきた。事のあらすじを話して、今夜のうちに大目付屋敷にもどらないときは置き文を読んでもらいたいと頼んできたのだ。

光村に会いに行けばかならず新庄が動くだろうと思い、万一を考えた処置だったが、それは賭けでもあった。置き文をどう扱うかは結局のところ大目付の胸三寸にゆだねられる。川重の人物を信用するしかなかった。

満月に近い月がもはや寝静まった若松町の黒黒とした家と道を照らしている。さほど待つ間もなく、新庄の屋敷の潜り戸があいて、人が二人出てきた。一人は新庄でもう一人も武家だった。二人はすぐに門前で右と左にわかれた。一人は光村の使いだろう。思ったとおりに、あのあとすぐに新庄に使いを走らせたのだ、と慎蔵は思った。家の陰に深く身をひそめて、河岸道《かしみち》の方に行く新庄をやりすごした。

河岸道に出たところで、慎蔵は疾駆して新庄に追いついた。

「新庄伊織どの」

手早く懐から出した襷をかけながら、慎蔵は呼びかけた。

「塚本権之丞の甥でござる。原口慎蔵と申す」

新庄は無言で羽織を脱ぎ捨てた。

「それがしをさがして大目付屋敷に行くところかと思いますが、それにはおよびません。ここで立ち合いましょう」

原口を斬れ、あとはなんとでもなると光村は言ったのではないかというのが慎蔵の推測だった。その推測はあたったようである。新庄はすばやく刀を抜いた。

困難な斬り合いになった。新庄の剣は予想に反して撓《しな》うような豪剣だった。斬りこんできたあと、右から左から唸《うな》りを生じて返しの剣が襲ってくる。息つくひまもない斬り合いだったが、慎蔵は冷静だった。自分も斬られたが、自分の剣がより深く、一瞬はやく相手を斬りさげているのを見とどけている。

ふと、新庄の剣が八双に上がったままとまった。新庄伊織は前に踏み出そうとしてよろめいた。かッと叫んだのは自分自身を叱ったのだろうか。一瞬の間もおかず、慎蔵は踏みこんで胴を打ち、勢いにまかせて新庄のわきをすり抜けた。うしろに新庄が倒れる音がした。

慎蔵は振りむいて膝をついた。しばらく息をととのえてからいざり寄ってとどめを刺した。立とうとしたが、足を斬られたらしくうまく立てなかった。

するとどこからともなく声がした。

「原口慎蔵どの、徒目付《かちめつけ》の三好彦六でござる。大目付の指図で援護に参りました。刀をお納めください。いま、そこに参ります」

そうか、川重喜十郎はおれの話を信用したのだと慎蔵は思った。猪狩に一言のことわりもなく証拠の置き文を大目付に持って行ったのは少し気がさすが、叔父の事件に大目付の手が入れば、政権が自然に秋庭派に移るだろう。猪狩に不満はないはずだった。三好の肩を借りて立ち、大目付屋敷の方に歩きながら、慎蔵はふと、美尾を嫁にもらうなら桑山の叔母にたのめと小文が言っていたなと思った。

野菊守《も》り

近年来、斎部《いんべ》五郎助は自分の胸の裡《うち》に怪《け》しからぬものが棲みついたのを感じている。棲みついたのは、ひと口に言えば冷笑癖といったものだった。

何をみてもおもしろくなく、人が自慢したり、よろこんだり、ほめたたえたりするものを見たり聞いたりすると、さっそくに胸の中に物事をくさしたくなる衝動が動く。たとえば斎部一族の長者である斎部拓摩《たくま》家に招かれて、主《あるじ》の拓摩自慢の茶器を見せられても、表づらはともかく、肚《はら》の中では何で飲もうと茶の味が変るわけでもあるまいになどとひねくれたことを考えている。

そういう考えの中には、いつもかすかな怒りがまじっている。むかしにくらべ、世も人も堕落した、何というくだらん世の中だと思うのだ。だから胸の中でくさすだけでは気持がおさまらず、口に出して言うこともある。五郎助の家は代代御兵具方勤めで家禄は三十石、わけがあって夫婦二人だけのいたってさびしい家だから、五郎助の世をけなす文句の数数は妻女の久良《くら》が聞く羽目になる。

久良は主が何やら一人で息まいてえらそうに物事をけなすのを、大方は適当に相槌《あいづち》を打ったり、黙って聞きながしたりしているが、三度に一度はたしなめる口調で「人のことはほっときなされ」と言う。聞きぐるしいという態度を露骨に示した。

久良がそういう権高《けんだか》な物言いをし、五郎助がむっと黙りこむのは、五郎助が斎部家の婿《むこ》だということもあるが、五郎助自身が自分のけなし癖を決して上等のものとは思っていないからでもある。はっと気づいて、おれは近ごろおかしいぞと思うことがある。このまま齢《とし》とったらさぞ嫌味なじじいになって人にきらわれるだろうなと思ったりする。そこまでわかっていても、五郎助は世をくさすことをやめられなかった。その感情は五郎助の内部のどこか奥深いところから出てくるもののようでもあった。

一

斎部五郎助は、御兵具蔵の壁によりかかるような恰好で枯草に腰をおろし、昼の弁当を喰っていた。南向きのその場所には、かすかながら肌を刺すつめたさをふくんでいる北風もあたらず、真青な空から日差しが降りそそぐ。天気のいい出番の日は、五郎助は大ていは一人で、何か文句があるかというふうに時どき鋭い目であたりを睥睨《へいげい》しながらそこで弁当をたべる。

御兵具蔵は二棟並んでいて、北側の棟には主として、弓と槍、南側の一棟には鉄砲、大筒などの火器が納められている。今日は五門の百匁大筒を掃除し手入れしたので、配下の足軽、中間《ちゅうげん》たちは車で引き出した大筒を置いてある正面口のあたりで昼飯を喰っているらしく、少しはなれたそちらから話したり笑ったりする声が聞こえてくる。話の中身まではわからなかった。風の加減か、時おり手入れに使った種油が匂ってくる。

もう一人いる御兵具方、上司の稲垣八兵衛は会所に行って弁当を喰っているらしかった。会所は家中や足軽が事務をとっている建物で、奥には評議の間があって月に数回藩の重職があつまる。そういう建物なので、行けばお茶が飲める。冬はあちこちに火桶が置いてあって、日溜りを見つけて弁当を喰うようないじましいことはしなくても済む。

だが稲垣は小言が多く意地のわるい上司だった。稲垣の下には五郎助をふくめて五人の御兵具方がいるが、稲垣は彼らにも、また彼らの下で働く中間たちにもきらわれていた。

――日向ぼっこをしながら……。

一人で気ままに飯を喰っている方がずっといい、と五郎助は思っている。もっと寒くなり、雪が降る季節には蔵のそばにある執務小屋の土間にある大火鉢を囲んで、中間たちと一緒に昼飯を喰うのだ。もっとも五郎助は、ほかの御兵具方の者が出番のときに、どんなふうにして昼飯を喰っているのかは知らない。そんなことは確かめたこともないが、案外稲垣の尻について会所に行き、火にあたたまりながらお茶を飲んだりしているのかも知れなかった。

——しかしおれはこの方がいい。

もう一度そう思いながら、五郎助は大口あけて弁当の握り飯を喰った。御兵具蔵は三ノ丸のはずれ、桜の馬場の馬馴らしの小馬場に隣接しているので、遠くの方から御馬乗《ごばじょう》の者たちが馬を調練している声や馬のひづめの音が聞こえてくる。

隣の小馬場にも馬が一頭つながれているらしく、時どき思い出したように強い鼻息と土を蹴《け》るひづめの音がするが、人はいないらしく物音はすぐに静まる。馬の姿は高い柵にへだてられて見えなかった。かすかな馬の匂いが漂ってくるが、五郎助はその匂いがきらいではなかった。

握り飯をもうひとつつかんだ。そうしてからそえてあるたくあんをばりばりと嚙《か》んだ。うまかったが、このときふと胸をかすめたものがある。それは、こんなことで満足しておれは一生を終るのだなという大げさに言えば感慨のようなものだった。

二十八のときに、病気で致仕《ちし》した舅《しゅうと》のあとを継いで御兵具方に勤め、そろそろ三十年になろうとしている。その間一石も婿入り先の家禄をふやしたわけでもなく、ましてや役職につくような機会もなかった。子供は一人しか生まれず、その子供も斎部宗家に存続の危難がおとずれたときに、無理やりに宗家にうばわれてしまった。そして五十の半ばを迎えながら初冬の日溜りで握り飯を喰っている。

その握り飯も、このあたりでへら菜と呼ぶ菜っ葉の漬け物の葉でくるみ、上からこんがりと焼いたもので、おかずは大てい塩辛いたくあんか、小茄子の漬け物二つ三つである。上司の稲垣が持ってくるような、真黒な海苔でつつんだ握り飯などは一度も喰ったことがなかった。

――満足など、しておらんぞ。

と五郎助は思った。世に悪態をつきたくなる悪い癖の出どころは、案外このへんかなという気がちらりとした。若くて気力のあるうちは、菜っ葉の握り飯を喰ってもいつかは海苔の握り飯を喰う身分になれるだろうと、先行きを楽観しているし、第一そんなことをあまり気にかけない。

だが齢を喰っておのれの先行きが見えてくると、さっきのようにめぐまれなかった半生というものがちらりと胸をかすめるようになるのだ。いつもそう思っているわけではない。大方はそんなことは忘れて、日日を過ごしている。しかしそうして時どき胸にうかびあがってくるところをみると、その満たされない思いは澱《おり》のように胸に蓄積されているに違いなかった。

だがこのごろ身についてきた冷笑癖の出どころがそれだと決めてしまうと多少の違和感が残るようだった。断定は出来んの、と五郎助は思う。そうだとすれば出どころはそれ以前のわが生まれ育ちのあたりか。

五郎助はもと普請《ふしん》組の赤松家の五男である。赤松の母親は多産の質で、五郎助をふくめて五男二女を産み育てたが、家禄はわずか二十石なので家の暮らしは極貧の一語に尽きた。子供ながら必死に内職にはげんだ記憶は、いまも五郎助の頭の奥にしまわれている。

だからついに買手がついて、斎部家の婿に決まったときは、赤松甚五郎という名前を捨てていずれは斎部五郎助というじじむさい名前を継がなければならないことに、わずかな抵抗感があったものの、五郎助は天にものぼるよろこびを味わったのである。いまは見飽きてしまって何の感興もおぼえないが、当時の久良は顔の造作の派手な美貌の娘で、そのことも大いに気に入ったのであった。

――めったに思い出すことはなくとも……。

齢をとったために、貧しく育って世を白眼視したむかしの地金が徐徐に表に出てきたということはあり得る。世の中にケチをつけているのは、ひょっとしたらそやつではないのか。

握り飯を嚙みながら、五郎助がもっともらしく考えにふけっていると、いきなり頭の上で声がした。

「うまそうな握り飯だの」

声の主をふり仰いで、五郎助は仰天した。そこには中老の寺崎半左衛門が立っていた。中老は一人だった。

二

寺崎は五郎助があわてふためいて、膝《ひざ》に敷いた風呂敷がらみに握り飯をつかんで立ち上がろうとするのを、いそいで押さえた。そのままそのままと言った。

「弁当を喰いながら話を聞け」

寺崎がそう言ったので、五郎助は中老がただ弁当をのぞきに来たわけではないのを悟った。しかし、はて何の話があるのだろう。

「弁当を喰え」

中老は催促した。そして同じ普通の声音で、誰かこちらをのぞいている者がいるかと言った。五郎助は中老が来た方を見た。

「いえ、誰もいません」

「よし」

と寺崎は言った。そして飯を喰いながら監視をつづけろと言った。声は平静だが、中老の言うことも態度も尋常ではなかった。ようやく五郎助にも事態が飲みこめてきた。中老は何か人には聞かれたくない内密の話があってきたのだ。

五郎助は身体《からだ》が固くなるのを感じた。喰えと言われて喰ってはいるが、握り飯もさっきのようにうまくはなかった。

「藩に揉めごとがあるのを聞いておるか」

「はい」

と五郎助は言った。今年の春ごろ、会所の奥にある評議の間で激論があった。表の事務をとる部屋まで声が聞こえたというから、相当のはげしい論争だったのだろう。激論の主は家老の竹中権左衛門と同じ家老の黒江又之丞だと言われたが、争いの中身まではわからなかった。次いでそれからふた月ほどして、黒江家老が突如として家老職を投げ出して引退した。寺崎が言っているのはそのことだろうと五郎助は思った。

しかし五郎助は上の方のそういう争いには何の興味もなかった。えらい人たちの勢力争いのようなものだろうと思い、自分に関係があることとは思えなかった。いまの五郎助にとって最大の関心事は、宗家の斎部拓摩がはたして約束を守って、跡つぎとなるべき孫の一人をこちらにくれるかどうかということである。

だが、つぎの寺崎の言葉が五郎助をおどろかした。

「五郎助、そなたわしに力を貸せ」

五郎助は握り飯を竹皮にもどして寺崎を見上げた。寺崎半左衛門は、執政府の賢者と呼ばれる器量人である。五郎助の驚愕を静めるように、ゆったりした微笑をみせた。

「急に言われても何のことかわからんだろうが、竹中権左衛門がいまよからぬ企《たくら》みをすすめておってな、藩の将来にかかわることなのでわしはそれを阻止せねばならんが、執政府はいまほぼ竹中派一色だ。わしは孤立しておる」

くわしく語るゆえ監視をおこたるなと念を押してから、寺崎はつぎのような話をした。

家中に知れわたったこの春の竹中、黒江両家老の激論は、竹中が長年にわたって、城下の富商尾花屋玉助から多額の賄賂《わいろ》を受け取っていたことを、黒江家老が弾劾したのが真相だった。しかし竹中が握っている権力は強大で、賄賂の事実をつついたぐらいではこの権力者に一指も染め得ないことを察知した黒江は、失望して執政府から去った。

だが黒江の攻撃は強引な反論でしのいだものの、竹中権左衛門はそれで安心したわけではなかった。黒江はそこまでつかんでいなかったが、竹中が尾花屋からねだり取った賄賂は巨額で、明るいところに引き出されれば家老職はおろか、組頭という家の身分まで剝奪《はくだつ》されかねないほどのものだった。

竹中はその金を、いざというときの言いわけにほんの一部だけ尾花屋の献金として藩庫にいれ、あとはわが懐におさめて、半分は家の暮らしの贅《ぜい》と蓄えに回し、残る半分は派閥の強化と城奥の権力者榧《かや》の方《かた》に対する献金に使ってきた。竹中の胸の奥にはいつかはそのことがあらわれるのではないかという深い恐れがひそんでいるが、いまさら引きかえすことも出来ない。どこまでも強気で押して行くしかなかった。

そう考えたとき、竹中権左衛門の頭に悪心が宿った。黒江又之丞はまわりに少数の正義派の人間がいるという程度の男で、寺崎半左衛門は政治力皆無といっていい人間である。二人とも敵ではなかった。

しかし竹中には江戸屋敷に強敵がいた。世子志摩守俊方と江戸屋敷を切り回している御側《おそば》御用人与田藤十郎の二人である。つぎの藩主となる志摩守は賢明な若者で、側用人の与田には剃刀《かみそり》の異名がある。この二人が藩の上に座ることになったその時は、と思うと、竹中権左衛門は身ぶるいを禁じ得ない。

しかもいまの藩主播磨守親安は老齢の上に病気持ちで、昨年は上府の年なのに幕府に願いを上げて参勤を一年延期してもらったほどである。藩主交代の時期は目前にせまっているとみるべきだった。

そういう事情を背景に、今年の夏六月に竹中権左衛門は広大な自分の屋敷で秘密の会合を持った。顔をそろえたのは竹中と尾花屋玉助、播磨守の側妾榧の方の三人である。榧の方は、いま二ノ丸御殿に住む藩主家の次男松次郎の生母で、御部屋さまと呼ばれて城奥を取りしきる権力者だった。

その日榧の方はお忍びで藩主家の菩提所《ぼだいしょ》に詣《もう》でたあと、休息を名目に竹中の屋敷に立ち寄ったのである。榧の方は竹中家の遠縁にあたる女子で、外出のついでに竹中家に立ち寄るのはその日がはじめてではなかった。

会合で竹中が持ち出したのは、志摩守を排して松次郎をつぎの藩主に据える相談だった。眼目は志摩守が賢明ではあるが蒲柳《ほりゅう》の質だということである。それにくらべて、松次郎は田舎育ちの丈夫な少年だった。執政府の重職、ほかの役持ちの大半はわが派で固めてある。出来ないことではないと竹中は熱心に二人に説いた。われわれが生き残るためにはその手を使うしかないと力説した。

「問題は江戸屋敷だ。そっちに工作をしかけるとなると、ざっと千両の資金が必要になるが、この金は尾花屋に面倒みてもらわねばならん」

一味同体の梱の方はただちに賛成した。ところが意外なことに尾花屋が一味することを拒んだ。

「どうした。千両が惜しいのか」

と竹中は言った。

「この企てが実現すれば、城下にそなたに敵する商人はいなくなるのだぞ。富も名誉も思いのままだ」

「私はお金が惜しくて言っているのではありません」

と尾花屋は言った。真青な顔いろになっていた。

「世子さまを取りかえるなどというお企てには、恐ろしくて加担出来ませせぬ」

「ふむ、思ったより度胸がないの」

と竹中は言った。

「加担せぬとなれば、これまでそなたに与えてきた商いの特権もすべて取り上げねばならんぞ。それではたしてこの城下で商売をやって行けるのかな」

竹中は脅しをかけたが、尾花屋は翻意しなかった。それからひと月もたたないうちに、尾花屋ははげしい腹病みを訴えたあと、大量の血を吐いて急死した。尾花屋の裏切りを懸念した竹中が、手を回して殺したに違いない。

三

「ざっと、こういう状況だ」

と寺崎半左衛門は言った。

「見て来たようなことを言うと思うかも知らんが、わしも手をこまねいていたわけではない。自身でも少しは調べたし城奥には間者《かんじゃ》もいれた。竹中屋敷の密談は、この者が御部屋さまの供をして行って聞き取ったことだ。また尾花屋の急死は、不審ありとしていま町奉行がひそかに調べておる。何者かによる毒殺ではないかというのはこっちの方から聞いた話で、何者かと言っているが、奉行の矢田徳次郎が疑いの目をむけているのは、むろん竹中だ。竹中と尾花屋の密着ぶりは、黒江の弾劾で一ぺんに注目を浴びたからの」

五郎助は昼飯どころではなくなった。膝の上の物を片づけようとすると、寺崎がまだよいと制した。つづけて、そのままでもう少し聞けと言った。

「竹中屋敷の密談の中身がこちらの手に入ったのは、思いがけない上首尾だった。これで竹中の陰謀をつぶせる目途が立ったからの。わしは、あとは鳴りを静めて来春に帰国される殿を待つつもりであった」

帰国が近づいたら御側御用人の与田藤十郎に密書を送り、病身の播磨守につきそうという名目で与田にも一緒に帰国してもらう。その上で、近年病気で評議の席に出たり出なかったりしている中間派の家老、海鉾《かいほこ》万之助を味方につければ、竹中権左衛門、同じく家老の岡林右馬之助、中老藤井孫助という竹中派の顔触れに対抗出来る。その上で組頭、郡代、町奉行、大目付も加わる緊急の会議をひらけば、そこには家老職を投げ出した黒江又之丞も出席するから、その席で竹中の企みをあばき、権力の壁をつきくずして断罪に持ちこむことは十分可能だ、と寺崎は考えていた。

そうしているところに、ひそかに懸念していたことが起きた。城奥にいれている間者の女子から、竹中派に疑われている形跡があるという連絡がとどいたのである。夜おそく自分の部屋にもどると、持物を調べられた跡があったという。

町奉行の矢田は硬骨漢で、竹中の袖の下が利《き》くような人間ではない。その矢田の追及がきびしくなったので、竹中は城中や自分の屋敷でした榧の方、尾花屋との三者密談を仔細に点検してみる気になったのだろう。そしてその席につねにお茶をはこんでいた榧の方の小間使いである間者に、疑いの目が向いたということではないかと寺崎は推測した。

猶予は出来なかった。少しでも不審があるとみれば、竹中は寺崎の最大の手駒、かけがえのない生き証人をさっそく始末してしまうだろう。

思わず五郎助は言った。

「病気と偽って、親元に帰すような手配をなされてはいかがでしょうか」

「だめだ」

寺崎は首を振った。

「かえって疑いを濃くして、危険だ」

「大目付に届け出るということは」

「それが出来れば苦労はない」

と寺崎は言った。

「大目付の横山角兵衛には、ひょうたん角兵衛の渾名《あだな》がある。聞いたことがあるな。よし。風の吹きようでどちらにもなびくという意味でな、図体は大きいがこういうときは頼りにならん男だ」

五郎助は沈黙した。すると寺崎は、心配するなと言った。

「手は打った。ただ間に合うかどうか、それを心配しておるのだて」

寺崎は城奥から連絡があった翌日、江戸屋敷の与田に密書を送った。洗いざらい事情を打ち明けて至急の救援を要請したのである。使いは信用の出来る城下商人の手を借りた。

その与田から早飛脚《はやびきやく》がとどいたのが昨夜で、その手紙の中で与田は、いまは二、三重要な公用を抱えていて身動きがとれない。用が終り次第いそいで帰国の途につくが、国元到着はいついつになるだろうと書いていた。

「与田の帰国まで、まだ十二、三日ある。とてもそれまでは待てぬ」

明日間者を城から脱出させて、城下に用意した隠れ家にかくまう手配をした、と寺崎は言った。間者の女子の身辺にはその後も不審なことがつづき、昨日は主人の榧の方に遠回しな質問をうけたというのだ。ようやく、五郎助にも寺崎が力を貸せと言った意味がぼんやりと読めてきた。その間者の女子をかくまう仕事を手伝わせようというのだろう、と思っていると寺崎がつづけた。

「城を抜け出すということは、企みを知っていると白状するようなものだ。竹中は血まなこで女子の行方をさがし回るだろう」

「……」

「見つかれば万事終りだ。藩の行方は予測しがたいものになる。ゆえにわしは、与田が到着するまで何としてもこの女子を守り通さねばならん。手を貸せというのはそういうことでの、そなたこの女子を守ってやってくれんか」

「かしこまりました」

と五郎助は言った。かなり危険な仕事だが、ここまで打ち明けられてはことわれるものではない。それにしても何を見込んで老境にさしかかった自分にまで声をかけてきたのかはわからないが、要するにそれほどお味方が少ないということだろうと、五郎助は中老に同情した。

「で、ほかにはどのような方方が……」

「ほかに？」

寺崎は訝《いぶか》しむように五郎助を見た。

「ほかに人はおらん。女子を守るのはそなた一人だ」

「は？　それがしが……、一人……」

怪訝《けげん》な顔をしたのは、今度は五郎助の方だった。何かおかしい、話がどこかで喰いちがっているという気がした。

呆然と顔を見ていると、寺崎がなだめるように微笑した。

「よいか、肝要なのは目立たぬことだ。ひそかにひそかに、その女子を守らねばならん。警固《けいご》するのはそなた一人だ」

「しかし、それがしはもはや五十四」

五郎助はいそいで言った。顔にこそ出さないが、内心恐慌を来《きた》していた。

「近ごろは足腰も衰え、剣の方は、さよう、この際ゆえ真実を申し上げますが、ここ十年ほどは木刀も振ったことがござりません」

「だからどうだと申すのだ」

「でありますゆえ、せっかくのご指名ではござりますが、この件ばかりはご中老のお眼鏡違いではなかろうかと……」

「なに、そのあたりがこっちのつけ目だ」

寺崎は満面に笑みをうかべた。自分の思いつきの卓抜さに、ひとりで悦に入っているというふうにみえた。

「人のみる目も同じでな、そなたがわしに味方して女子を守るなどとは誰も思わん。竹中も然りだ。だが、わしのみる目は少少ちがう」

「……」

「赤松甚五郎」

寺崎は五郎助の旧名を呼んだ。中老の笑いが大きくなった。

「わしの目には赤松甚五郎の五人抜きが、昨日のことのごとく残っておるぞ」

「しかし、あれはざっと三十年もむかしの話でござる」

呆れて反論したが、五郎助はこのとき胸の奥底に火のごときものがぽつりとともったのを感じた。なんの、なんのと寺崎は言った。

「わしはその後も家中の若い者の試合をずいぶんと見てきたが、そなたに匹敵する遣い手はあれから出ておらんの。そなたの流儀は何と申したかの」

「無外流でござる」

「それよ、無外流。甚兵衛町裏にあった小さな道場だ」

「いまは廃されてありません」

「そうらしいの。たしかにむかしの話だ。赤松の五人抜きといっても、事実を知る者は数少なくなった。知っている者たちにしても、いまは思い出すこともあるまい。それが世の流れだとも言える。しかしだ」

寺崎は顔いろを改めた。

「あれだけの見事な技をわがものとしたそなただ。齢はとっても、稽古をせずとも、身体が技をおぼえていることはあろう。どうだ」

「さて、いかがでしょうか、あまり自信はありません」

「わしがそなたを見込んだのは、警固役は一見それらしくない人物である必要があるからだが、むろんそれだけではないぞ。無外流の腕を大いにあてにしておるのだ。むかし取った杵柄《きねづか》ということがあるではないか。その女子も多少の心得はあるが、一人では身を守れぬ。一臂《いっぴ》の力を貸してやれ」

中老はひそめた声に力をこめた。

「万一のときは、竹中がさしむけてくるへなちょこどもを、遠慮なく斬って捨てろ。無外流の片鱗《へんりん》を見せてやるのだ」

とんでもないことに巻きこまれるところだな、と五郎助は思った。

中老が追いこまれた苦境はわかるが、おれを味方につけようという考えには無理がある。おれにはそんな力は残っていない、と思ったが、寺崎の声は五郎助の耳に快くひびく。気持を鼓舞するものをふくんでいた。

胸の中の火はさっきよりもっと大きく、熱くなった。火がついたのは、死んだような日日の積み重ねの間に、忘れられ埃をかぶって眠っていた自負心に違いない。五郎助の目に、自信に満ちあふれていた若い自分の姿がちらついた。

家中からえりすぐった遣い手十人が、藩主の前で剣技を競った試合だった。みんな城下で名の聞こえた大きな道場の高弟で、五郎助のように小さな道場からえらばれた者はほかにはいなかった。だが五郎助は立ち合った相手をすべて打ち破り、そのときの試合を制覇した。中老は五人抜きと言っているが、実際は四人抜きである。

五郎助は、残っている握り飯と竹皮に包んだたくあんと風呂敷をごっちゃにつかんで立ち上がると一礼した。きっぱりと言った。

「かしこまりました。斎部五郎助、身命にかけてお役目をはたすよう努めます」

中老と五郎助は手早く打ち合わせをした。それが済むと、寺崎は顔にほっとしたいろをうかべて頼んだぞと言った。

中老は背をむけた。髪が真白で、小柄なうしろ姿だった。配下の者たちはもう蔵の中に入ったらしく、声は聞こえなかったが、稲垣の姿はまだ見えなかった。

ふと中老が振りむいて言った。

「その女子だが、菊という名前だ」

四

「ご加増があるかも知れませんね、おまえさま」

「そんなことを考えるときか」

五郎助は妻女を叱った。前途にどんな危難が待ちかまえているかわからない仕事である。いまは首尾よく役目をはたせるかどうかが問題で、加増の話どころではなかった。よしんばうまく警固出来たとしても、せいぜいちょっとした褒美が出る程度ではないのかと、五郎助は思う。

だが妻女の久良は、今度の中老じきじきの密命を、斎部家はじまって以来の名誉とも好機とも思うらしく、叱られるとやや不満そうな顔をした。その顔に、五郎助は少しきびしい声をかけた。

「それよりも、わしが役目についている間に一度宗家に行って、例の件を催促してまいれ」

「かしこまりました」

と言ってから、久良はこのいそがしいときに主《あるじ》がそんなことを言う意味は何かと考えたらしく、はっと顔いろを動かした。

例の件というのは、宗家にいる外孫二人のうち、一人をこちらの養子にもらう掛け合いのことである。宗家に養子にやった尚之助のほかに子供が出来ないとわかったときに、その申し入れをし、先方もいったんそれを承知したのに、いまになって宗家ではなかなかうんと言わなかった。もう一人出来たらなどと言うので、五郎助は憤慨していた。そういうことだが、掛け合いの中身はつまり斎部家の跡つぎの話である。

不吉なことを言うと思ったかも知れない。久良は形のいい眉をひそめた。

「無外流の腕前に、何ぞ不安でもございますのか」

「なに、そんなことはない」

と五郎助は言ったが、内心久良が今度の役目に何の不安も抱いていないらしいのにおどろいていた。

五郎助は胸の中で思わずにやりとした。ここにもう一人、いまなおおれの腕前を信じて疑わない人間がいたぞ、と思ったのだ。もっとも五郎助は無外流の腕を見込まれて斎部家の婿になった男で、その当時久良は父親に五郎助、むかしの赤松甚五郎のあざやかな剣さばきについて、耳にタコが出来るほど吹きこまれたに違いないのだ。

ひさしぶりに、五郎助は妻にやさしい気持になっている自分を感じた。では行ってくるぞと言った。

「おはげみなされませ」

表口の外まで見送って出た久良は、そう言って提灯《ちょうちん》をわたしたが、ふと思いついたというふうに警固する相手の齢を聞いた。

「むこうさまはいくつになるおひとですか」

「十八だそうだ」

「まあ、十八」

久良はおもしろくない顔をした。しかしたちまち、わが亭主が髪は半ば灰色で、頬にはえぐったような皺が走り、釣り上がった目ばかり炯炯《けいけい》と光る悪党づらなのに思いあったらしく、顔いろをもどすとくれぐれもお気をつけられませと言った。

日が暮れて間もないというのに、初冬の夜の闇は濃くて、提灯の光のおよばないあたりの暗さは深夜のようだった。市中にかかる橋をひとつわたった。川も暗くて水音も聞こえないので、宙に浮く橋をわたっている感じがする。

――宗家め。

勝手な親父だ、と五郎助は改めて思った。宗家の主拓摩は、四十二の厄年に医者が一時サジを投げたほどの大病を患った。拓摩には子がいなかった。弟妹はすべて他家に片づき、数軒ある斎部の分れの家家にも、ただちに宗家の養子にしていいような男子はいなかった。三百二十石をいただき、代代御奏者と寺社奉行を兼ねる上士である斎部宗家が、突然に跡つぎがいないために廃家となるかも知れない危機に直面したのである。

宗家では五郎助の長男尚之助を養子にくれと言ってきた。尚之助は三歳だった。そのころはまだまだ元気だった五郎助の舅夫婦が、ひとりっ子を理由にことわったが、宗家では子供はまだ生まれるだろうと言い、その掛け合いは執拗《しつよう》だった。結局、宗家を潰してはならないということで、こちらの斎部家が折れたのである。だが久良はそのあと子供を産まなかった。斎部家、宗家双方にとっての誤算だった。

――当然……。

孫の一人をこちらにもどすべきだ、と五郎助は思っている。外孫は上が男、下が女児だが、下の子供でいいからくれと言っているのに、拓摩夫婦はいい返事をしなかった。尚之助が実家に気をつかって口添えするのに、拓摩はまだいいなどと言っているらしい。

孫のかわいさに目がくらんでいるとしか思えない。そう考えると五郎助は老後の心配と嫉妬で気持が狂おしくなる。宗家に乗りこんで、もとはわがいえの孫だぞとどなり散らしたくなる。

五郎助はふと足どりをゆるめた。行手の河岸《かし》の道に突然に提灯がひとつ現われ、橋の方に動いてくる。五郎助は油断なくその動きを目で追ったが、提灯の主は橋の先を左から右に通りすぎた。五郎助は警戒を解いて、いそいで橋をわたり終えた。

河岸道のむこうは商人町である。大きな店がならぶ目抜き通りに入ると、そこにはさすがにまだ灯がちらつく場所があり、遠くに見えるその光のまわりに人影が動くのも見わけられた。五郎助はすぐに道を横町に曲った。そこからさらに裏町へとたどる道は複雑で、寺崎と打ち合わせた昨日の下城どきに、まだあかるみが残るその町をたしかめておいたからわかるようなものの、はじめてきたら夜の道に迷ったにちがいない。

道から少しひっこんで建つしもたや風のその家が見えてきたところで、五郎助は提灯を吹き消した。闇が五郎助をつつんだ。刀の鯉口《こいぐち》を切り、あたりの気配をさぐりながらすすんだ。しかし人の気配はなく、五郎助は無事に一軒の家の戸の外に立った。

静かに戸を叩く。中から低い応答の声がしたので、五郎助は「田代じゃ」と名乗った。寺崎と打ち合わせた偽名である。すると戸の隙間に灯のいろが動き、閂《かんぬき》をはずす音がした。だがあとはそのままである。五郎助は戸をあけるとすばやく土間にすべりこみ、うしろ手に戸を閉めた。

ひろい上がり框《かまち》に、小柄な若い女が一人立っていた。やや浅黒く化粧っ気のない顔、頬は一片の贅肉もなく引きしまり、黒黒と光る目が慎重に五郎助を見まもっている。わずかに額が出額《でびたい》だった。女は左手に小刀を持っていた。

菊どのか、と五郎助は声をかけた。

「斎部五郎助だ。気を楽にいたせ」

五郎助がそう言うと、女ははじめて緊張を解いたようである。小刀の鍔《つば》にかけた親指をひっこめ、かちりと音を立てて刀身を鞘《さや》にしまった。

女は、小声でお上がりくださいませと言うと、五郎助と入れちがいに身軽に土間に降りて戸の閂を閉めた。そして振りむいて言った。

「菊でございます。このたびはご厄介をかけまする」

低いが落ちついた声だった。

五

菊は無口な女だった。隠れ家では、大ていは縫い物をしている。城を脱け出した日、菊は榧の方に半日の暇をもらって生家にもどった。そして大風呂敷いっぱいの、母親が内職にしている仕立て物、家の者の繕い物と針仕事の道具を背負って、そのまま樽屋町裏町の隠れ家にきたのである。菊は物頭屋代《やしろ》源右衛門の手に属する鉄砲組足軽の娘である。

五郎助が隠れ家に着くころには、菊は夜食をたべ終えて、縫い物にはげんでいる。そして五郎助を迎えると火鉢のそばの席をすすめ、舌が焼けるような熱い番茶を一杯出す。それが済むと菊は火鉢と行燈《あんどん》から少しはなれた自分の席にもどって、縫い物に手をもどす。

生家にもどったときに着換えたとみえて、菊は藍《あい》無地の木綿着に辛子《からし》いろの帯をしめている。着物も帯も新しいものではなく、水をくぐったふだん着のように見えた。しかし黄色が勝った帯が、地味な身なりの中でただ一点、若い娘らしい色どりになっている。

菊は美人ではなかったが、しかしただの平凡な容貌の娘でもなかった。何かの拍子に、たとえばふと縫い物の手をやすめて顔を上げるときなど、菊は思いがけない魅力のある表情を示すことがあった。

——なにせ、飾らぬのがいい。

と五郎助は思っている。化粧のあとのない顔、さっぱりと清潔に見える着ているもの。花にたとえるなら、まずは野菊だろうかの、と五郎助は柄にもなく思うことがある。ただしその感想は、多分に娘の名前とむすびついているので、五郎助が急に詩人になったわけではない。

城下から南に一里の丘の麓《ふもと》に、銃と大筒の訓練場があって、そこでは実際に弾をこめて実戦さながらの訓練を行なう。役目柄五郎助も火器隊に同行して訓練場に行くことがあるのだが、行列が街道を逸れて野道に入ると、そこには野の花が色とりどりに咲き、中でも黄色と白の野菊の花が一面に咲きひろがっていたのを思い出すのだ。もっともほかの野草の花の名前を、五郎助は知らない。

そんな娘を見ながら、五郎助は熱いお茶を吹き吹き、娘の家のことなどをたずねたりするのだが、菊という娘の無口は相当のもので、答えても返事は短く、時には黙殺したりする。それでも菊は長女で、下に四人の弟妹がいることなどがわかった。ただ菊は、たとえば五郎助がわしの生まれた家も子供が多くて、兄弟が七人もいたと話の水を向けても、それには何の返事もしないのだ。

しかし五日たち、六日たつうちに、隠れ家の米、味噌、薪炭《しんたん》の類は、ひそかに寺崎中老に協力している商家の橘屋が用意したこと、橘屋はいまも、様子をたしかめがてら二日に一度、小女を使いにして青物、干物などをとどけてくることなどもわかってきた。

無口だが菊の印象は、つめたくはない。縫い物の間にふと立って台所に行き、これも橘屋の差し入れに違いない甘柿の皮を剝《む》いてきて五郎助に喰わせることもあるし、夜横になった五郎助がひきかぶっている搔巻《かいまき》の裾を、そっと押さえてくれることもある。明日は出番という日の夜だけ、五郎助は少し横になってうとうとし、その晩は菊が起きていて警戒にあたることにしていた。齢をとると、夜っぴて起きていることがつらくなる。それで翌日が非番という夜は、五郎助は隣の部屋に菊をやすませ、自分は未明に家にもどってから昼まで寝て寝不足を補う。それで何とか疲れを防げた。

それにしても菊が無口なので、いよいよ話の種もつき、菊の縫い物を眺めるのにも飽きると、五郎助は所在なさに音《ね》を上げた。それでふだんは怠けてやらない虫籠づくりの内職仕事を家から持ってきた。そして火鉢の鉄瓶がちーと鳴る部屋で黙黙と菊は縫い物、自分は虫籠にする竹ひごを削っていると、五郎助は襲ってくるかも知れない敵のことをつい忘れそうになることがあった。

だが今夜は、五郎助は息せき切って夜の町を走っている。打ち合わせのとき、寺崎に人に怪しまれぬように出仕日は休まずに勤めろと言われたので、五郎助は出番の日も城からいったん家にもどってから隠れ家に行くようにしていた。兵具蔵の勤めは一日出て三日の非番が決まりだった。だが五郎助は、寺崎の言葉を念頭において、非番の日も町が暗くなってから家を出る。

ところが今日は、さて夜食を喰って出かけるかという時刻になって、客がきた。客は五郎助の家と同様の、斎部の分家筋にあたる親戚の男で、来春の予定だったのに、先方のつごうでにわかに今年中に行なうことになった長男の祝言《しゅうげん》に使う屏風《びょうぶ》を借りにきたのだ。用件はそれだけで簡単に済んだのに、長っ尻の男でなかなか腰を上げない。五郎助はじれてのぼせ上がりそうになった。

男が帰ったのを見定めると、五郎助は夜食を喰うひまもなく家を走り出た。昼の間は一人でも防げましょうと菊が言うし、五郎助もそのとおりだと思っていた。実際明るくて人目のあるときに大勢できて、女一人を斬殺するとは考えられない。きても刺客は一人か二人だろう。

しかし夜は違うと五郎助は思っていた。彼らは多人数できて、一気にケリをつけて姿を消すかも知れない。危険なのは夜だった。菊もそう思っているようである。

——遅れた。

その思いで、五郎助の心ノ臓はただ走っているせいばかりでなく、はげしくとどろいている。隠れ家に着いたときは、全身汗まみれになっていた。

「田代」

外から名乗ると、待っていたように戸がひらいた。

「どうなさいましたか。遅うございましたこと」

と菊は言った。その声、その表情で、五郎助は自分が菊に大いに頼りにされていることとを知った。

「客がきて遅れた」

「それならようございますけれども、途中で何かあったのではないかと心配いたしました」

菊はめずらしく長長と口をきき察しよくお夜食はと聞いた。

「喰うひまがなかった。腹がへってはいくさは出来んのにな」

「雑炊ならすぐに出来ますけれども」

「それはいい。雑炊を喰わしてくれ」

と五郎助は言った。菊に水に濡らした手拭いをしぼってもらい、首から胸のあたりの汗を丹念にぬぐった。その間に菊は台所で手ばやく包丁の音を立てている。たちまち葱《ねぎ》の香が匂ってきた。

熱くてうまい雑炊を喰い終って、五郎助は内職仕事にかかり、台所を片づけ終った菊がまた無口な縫い子にもどると、部屋の中にはいつものほとんどのどかと呼んでもいいような、平穏な空気がもどってきた。

——親子が……。

内職にはげんでいる図だの、と五郎助は思った。だが実際はそんなのんびりした話ではないことを、五郎助は心得ていた。非番の日には、五郎助は竹中派の動静をさぐるために市中に出る。そして今日の昼すぎについに竹中派の若手と思われる数人の若い武士が、しらみつぶしに町家に立ち入っているところを目撃した。ただし場所は城下の北にある寺前町で、二人がいる樽屋町裏町からみると方角ちがいである。距離も遠い。

連中がここまで回ってくるまではまだ間があるだろうが、このことは菊に話しておかなければならないと五郎助は思っている。だがあまりに平穏無事な空気に誘われたように、口をひらいたときはまったく別の話をしていた。

「わしの家は跡つぎの子がおらんのだ」

そうなった理由、当年三歳になったばかりの外孫を養子に引き取る掛け合いで苦労している、などということを五郎助は縷縷《るる》とこぼした末に言った。

「そなたのような娘がおればよかった」

五郎助がそう言うと、菊は顔を上げて五郎助を見た。そして無言のまま微笑した。野菊に日があたったような、つつましいがあかるい笑顔だった。

五郎助はむつかしい顔をして、内職に手をもどした。菊を警固する仕事が、引きうけたときにくらべいまは至極単純なものに変ったのを、五郎助は感じている。警固するのは、中老に忘れていた自負を掻き立てられたからでも、ましてや加増目あてからでもなかった。警固の目的は、ただひとつこの気持のいい娘を殺させてはならんということだけになっている。

——あと三日。

と五郎助は側用人の与田が帰国するまでの日数を数えた。それまで、何事もなければいいと心中にねがった。

六

だが襲撃は突然にやってきた。明日は与田藤十郎が帰国するというその夜、そろそろ四ツ（午後十時）になろうかという時刻に、はげしく隠れ家の戸を叩いた者がいる。つづいて若い男の声が、橘屋からきました、ご用心をとわめいた。五郎助も菊もすばやく刀をにぎって立った。菊が前褄《まえづま》を帯にはさむのを一瞥《いちべつ》しながら、五郎助が土間に降りたとき、戸の外で絶叫の声があがった。外はそのまま静まり返っている。五郎助は足を引いて上がり框までしりぞいた。

「灯を消せ」

と五郎助が言い、そのあとはこういう場合にそなえたとおりに動いた。灯を消した菊が戸口の横に隠れる。そして五郎助は上がり框の真中に立った。

菊が戸をあけると、外から松明《たいまつ》の光が流れこんで五郎助の全身を照らした。一瞬の間もおかず男が一人斬りこんできた。だが菊が気合鋭く男を斬り伏せた。手加減するなと五郎助は言ってある。土間に倒れた男を飛び越えて、五郎助は外に走り出た。

たちまち白刃がせまってきた。外にいる男は四人、一人は少しはなれて松明を持ち、あとの三人がはげしく斬りこんでくる。五郎助は正面からきた白刃を強くはね返し、体を転じて横から斬りこんできた刀を受け流すと、躱《かわ》されてよろめいた男にはかまわずに、はじめに太刀を交した男を軒下まで鋭く追いつめて斬った。男は五郎助の技に動きを封じられて、逃げ道を失って斬られた。ふたたび体を転じて、迫ってくる二本の白刃に立ちむかう。

身体も刀も軽軽と動いた。寺崎が言ったとおりだった。身体がむかしの技をおぼえていた。遣い手をえらんだとみえて、襲ってきた男たちが遣う太刀先も鋭いが、五郎助の太刀の動きが一瞬はやく、二人目が斬られて地面に崩れおちた。

――若いやつら、よくみろ。

これが無外流だ、と五郎助は思った。

そのとき、うしろ、うしろと呼ぶ菊の声がした。言葉だけでは足りないとみたか、つづいてはげしい気合がひびいた。うしろに回った男に菊が斬りかかったらしい。五郎助は振りむきざまにこちらに背を向けている男の肩を瞬時に斬りさげた。

だが五郎助はこのとき、自分が尋常でなく息を切らしているのに気づいた。空気を欲しがっている肺臓に息を送るために、喉が獣の咆えるような音を立てる。腕も足も、急に重くなった。

――どうした。

五郎助は自分を叱咤《しった》したが、疲れが重く全身にかぶさってきて、出来ることならこのまま地面に横になりたいほどだった。五郎助はよろめいた。

その様子をじっと見ていたらしい。松明を持っていた男が、火を地面に投げ捨てるとすばやく刀を抜いた。この男が頭分らしく、音もなく八双から斬りおろしてくる太刀先が、刃唸《うな》りするほどに鋭い。すぐにその男が一番の遣い手だとわかった。残る気力をふりしぼって立ちむかったが、五郎助は押され、はじめて防御に回った。斬りかかってくる刀を躱すのが精一杯で、踏みこむ隙を見出せなかった。五郎助は喉に獣の声を立てながら喘《あえ》いだ。

押されている五郎助を見かねたのだろう。菊が横に出ようとしている。

「わしにまかせろ」

五郎助はどなった。小太刀で対抗出来る相手ではなかった。押されながら、五郎助は最後の勝負どころを窺《うかが》って目を光らせた。その見きわめに失敗すればおしまいだ。

またしても八双から斬りこんできた敵の刀身が、五郎助に躱されてほんの少し外側に流れた。だが、そのために刀を引きうしろにさがる敵の動きにわずかに遅れが生まれた。五郎助はその引き足に思いきりよくひたひたとついて行った。少しうろたえたのだろう、十分な間合いをとれないままに、敵が八双に刀を引き上げる。その間合いがわずかに短いのを見きわめて、五郎助ははじめて鋭く踏みこんだ。

五郎助が敵の脇腹から斜めに斬り上げた刀と、頭上に振りおろした相手の刀身が交錯したように見えたが、五郎助の技の方がまたしても一瞬はやかった。敵は地面に膝をついた五郎助を飛びこえるような恰好で背後に音立てて倒れた。

五郎助はそのままの姿勢で、はげしく喘いだ。そうしているうちに次第に息が静まり、手足にも少しずつ力がもどってきた。菊が走り寄ってきて、無言で背をさすった。

「大丈夫だ。火を拾え」

と五郎助が言った。地面に投げ捨てられた松明はまだ火が残っていて、菊が拾い上げるとまた明るさを取りもどした。その光で橘屋からきた男をさがした。隠れ家のすぐそばに若い商人ふうの男が倒れていた。肩を斬られていたが深手ではなかった。

おそらく今日使いにきた橘屋の小女が、帰り道で探索の男たちが樽屋町のあたりをうろついているのをみて主人に告げ、若い男が闇にまぎれて知らせにきたといった事情ではないかと五郎助は思った。男を背負った。

「家に連れて行く」

と五郎助は言った。つづけて、明日の昼前には与田さまが帰国される、それまでなら何とか防げようと言うと、うしろで菊がはいと答えた。声に安堵《あんど》のひびきがあった。


一年が過ぎ、また初冬の季節がきた。それより前、今年の秋の半ばに、斎部五郎助の家には喜ばしい珍客があった。

「おじいさま、おばあさま、葭《よし》はお正月からこの家の子になります。よろしくおねがいしまする」

とその珍客が言った。葭は斎部宗家の孫で四歳。かわいらしい女児だった。教えられてきた口上を無事に述べおえた葭を、大人たちは微笑して見まもった。長い掛け合いがついに実って、今日は宗家の女たちが挨拶にきたのである。

葭をともなってきたのは拓摩の妻と尚之助の嫁だが、宗家の妻は、ほんとは嫁に三番目が出来てからにしてもらいたかったと愚痴を言った。

「決心するまでは大変だったのですよ」

宗家の妻女はさらに恩着せがましくそう言い、久良はそれに対して、それはそうでございましょうよ、こんなかわいい孫を手ばなすのですものと同情したような口を利いたが、その声音はうれしさを隠しきれずに、誰の耳にも、なに、もらってしまえばこっちのものとひびいた。

「葭、こっちへ来い」

と五郎助が言うと、葭は悪党づらの五郎助を恐れるふうもなく前にきて坐った。そして、

「おじいさま、葭はまた盆踊りが見たい」

と言った。城下町の盆踊りは全町あげてさまざまな趣向をこらす大仕掛けな踊りで、士分の者も見物を許されている。今年の夏、五郎助夫婦は葭を借り出して盆踊り見物をしたのである。

「よし、よし、また連れて行くぞ」

と五郎助は言った。幸福感につつまれていた。

竹中権左衛門は失脚し、権左衛門と嫡男の権之丞は郷入《ごうい》り、ほかの家族は領外追放の処分をうけた。郷入りは辺鄙《へんぴ》な山中にもうけた山牢に、監視人一人をつけて閉じこめる

苛酷な刑である。竹中派は瓦解し、すべての処分が終ったのが四月だった。

　また今度の事件で貴重な証人となった菊は、城勤めをやめて家に帰った。父親に増扶持の沙汰があったというから、藩は菊が勤めをやめても暮らしに困らないほどの心配りをしたということだろう。寺崎中老の話によると、中老は士分の者との縁組みをすすめたが、菊はうけなかったという。また家で縫い物の内職をしているのだろうか。ちなみに言えば、隠れ家でしていた縫い物は、無事菊の手にもどったらしい。

　士分の者と足軽の間には隔絶した身分差があり、菊とはこれで世界をへだてたことになる。しかし、五郎助は、菊がいつか手土産を手に、嫁入ってはじめて出来た子供を見せにやってくるような気がしてならない。菊が来なければ、こっちが葭を見せに行ってもよい。住む家はわかっておる。これについては誰にも文句は言わせないと、五郎助は誰も文句なんか言っていないのに、心中ひとりでいきり立ってそのたぐいのことを考えていることがある。

　五郎助には加増の沙汰があった。五石という加増は、この節の藩では破格というべきであろう。ただし、いつからという明示がまだないので、いまのところ加増は空手形といった形である。久良があせって、寺崎さまに掛け合ってみなされと催促するけれども、五郎助は、まああわてるなとゆったりと構えている。

勤めの日も、近ごろは一人で飯を喰ったりはしない。配下にまじって飽きもせず孫自慢をして顰蹙《ひんしゅく》を買い、今日は孫がくると言っては下城どきの帰りをいそいでは憫笑《びんしょう》を買っているのも気づかず、本人はいたって満ち足りた日を送っていた。

五郎助の冷笑癖はいつの間にかぴたりと止んで、今日などは近所に住む普請方勤めの白井弥平とこんな話を交している。白井は一日海釣りに行って、その帰りだった。そろそろ日が落ちようとしているのに、路上に城帰りの五郎助をつかまえて言う。

「八寸の黒鯛を上げたぞ。見るか」

以前ならふんと横をむくところだが、五郎助はどれどれと言った。白井が魚籠《びく》からつかみ上げた黒鯛は大きかった。

「ほう、これはりっぱだ」

と五郎助はほめた。相手が五十石の白井だからというわけではなく、ほんとにそう思ったのだ。気をよくした白井は、この鯛を釣り上げるのにいかに苦労したかという自慢話を長長と聞かせたけれども、五郎助はそれにもふんふんと相槌を打った。

苦心談の聞き賃というつもりでもなかろうが、白井が一緒に釣り上げた小鰈《こがれい》を二枚くれて立ち去ると、五郎助はそれをさげて家の門を入った。五郎助の心中は依然として穏やかで、ただはやく葭がくる正月になればいいと待ちこがれている。

早春

現代小説

和風スナックバー「きよ子」の客は、岡村と若い男の二人だけだった。男は時どき顔が合う「きよ子」の常連で、若いといっても三十は過ぎているだろう。だが岡村からみれば、男はやはり十分に若かった。

男はサラリーマンに見える。背広にきちんとネクタイをしめているし、店の奥の壁にかかっているコートも勤め人のものだった。しかし岡村は男とは話したことがなく、男が勤め人なのかどうかはわからなかった。名前も知らなかった。一、二度ママの清子が、男をタカちゃんとかタクちゃんとか呼んだのを聞いたことがあるだけである。

「子供なんて、つまらないものだよ、ママ」

と岡村は言った。タカちゃんだかタクちゃんだかを気にする必要はなかった。若い男は無口でおとなしそうに見え、いまもカウンターに片腕をついた恰好で、うつむき加減に水割りをすすっていた。

「一人前になるやならずで、もうどんどんはなれて行くもんだね。親ばなれっていうけど、はやいのなんのって」

「娘さん、結婚するんですか」

と清子が言い、カウンターの下から手品のように小鉢を出した。青い模様のある小鉢には、筍《たけのこ》と生揚げの煮つけともっと薄味の莢《さや》えんどうが盛ってあった。岡村の好物である。

五年前に妻を亡くした岡村は、こういうごくふつうの家庭的な味に飢えていた。娘の華江が食事の仕度をしないというのではないが、華江のつくる料理はファミリー・レストラン風で岡村の舌には合わなかった。あたためられて湯気を上げているハンバーグとか熱くて舌を焦がすマカロニグラタンなどがひんぱんに出て来る。

「そのつもりらしいよ」

「それじゃさびしくなりますね」

「どうだか」

「だって息子さんが遠くにいて、娘さんがお嫁に行っちゃえば、岡村さん、あとはひとりぼっちになるわけでしょ」

カウンターの奥にいる若い男が、顔をあげてちらとこちらを振りむいたのを感じながら、岡村は言った。

「孤老だよ、ママ」

「孤老ていう齢《とし》じゃないでしょうけど、やっぱりさびしいですよ、そりゃ」

岡村は筍を口にいれて嚙《か》んだ。いい味が舌にひろがった。ママに、もう少し打ち明けた事情を話してみようかと岡村は思った。そして岡村は、自分がいつものようにいくらか「きよ子」のママに甘えた気分になっているのを感じる。その気分は酔いのせいでもママの聞き上手のせいでもなく、舌にひろがっている筍の煮物の味のせいだということもわかっていた。その味は岡村に、ずっと前に喪《うしな》ってしまった双親がいて子供がいた家庭というものを思い出させる。

「華江の相手だけどね」

岡村は箸を置いて、ぐい飲の酒をあけた。岡村は日本酒党でウイスキーは飲まない。ママの清子の手料理で日本酒を飲むと、陶然と酔いがまわる。

「相手は所帯持ちなんだよ」

「あら。まあ、たいへん」

カウンターのむこう側で、清子が眼をみはった。清子はふっくらとした丸顔で、色の

白い女である。その色の白さが化粧のせいでないことは、丸っこいのに華奢《きゃしゃ》な感じがす
る指や、白い割烹着《かっぽうぎ》の袖から出ている手首のあたりをみればわかる。
たしかめたことはないが、清子は四十半ばだろう。肌は白く十分になめらかだだが、眼
尻や頸に出ているかすかな皺が年齢を物語っている。そして齢相応の皺とか落ちついた
物の言い方、またはよく似合う古風な形の割烹着とかは、水商売の店をやっていること
が場違いに思えるほどに、清子を素人ぽく家庭的な女に見せてもいた。清子がいま岡村
にむけている表情も、商売用のおざなりのものではなかった。ほかの客はどうか知らな
いが、岡村は「きよ子」のママのそういうところに惹《ひ》かれていた。
「それ、たいへんだわよ、岡村さん」
「そうだよ、たいへんなんだ」
岡村はうつむいて、少し大きめに切ってある生揚げにかぶりついた。煮汁のいい味が、
今度は口の中いっぱいにひろがった。
清子は奥に行って、若い客に新しく水割りをつくってやっている。そして一度岡村の
前までもどって冷蔵庫から煮物を取り出すと、やはり小鉢に取りわけて男のところに持
って行った。例の鶏肉の煮物だろうと岡村は思った。鶏肉を小さく切って皮と肉をばら
し、甘辛く煮つけて煮凝《にこ》りをつけただけのものだが、意外に酒に合うことは岡村も以前

に喰べたから知っている。

　ママの清子が水割りを取りかえても、からっぽの皿を取り上げたあとに鶏肉の小鉢を置いても、若い男はひとことも口をきかなかった。黙って飲んでいる。しかし陰気な感じではなく、その姿には自分だけの世界に閉じこもっているような、放心した気配があらわれているだけだった。それでどうするつもりかと、もどって来た清子が聞いた。

「どうするたって、結局は成行きにまかせるしかないんじゃないの」

「成行きねえ」

「だって二人とも大人なんだし、親の出る幕なんぞありませんよ。それに土台、近ごろの子供は親の意見など聞く気はないからね」

　それはそうでしょうけど、と清子は言い、身体を乗り出してカウンター越しに岡村に酒をついだ。かすかな化粧の香が岡村の鼻にふれた。

「おとうさんひとりじゃ、手にあまる問題かもね」

「そういうことです。だから成行きまかせですよ。ただし親が責任持たなきゃならないところに来たら、しかるべき責任ははたしましょうということなんだろうなあ」

「でも、それじゃ親だけが損するんじゃありませんか」

「家族なんて、いまはそれだけのもんじゃないの、ママ。和気あいあいの家族なんてのはほんのいっときのことで、親はじきに発言権をなくしちゃうんだ。そして無条件で損してやることで辛うじて親の面目が保たれるというふうになっちまうんじゃないの」

「娘さん、いくつでしたっけ」

「二十四だよ」

「あら、もうそんなになったかしら」

「………」

「それじゃもうりっぱな大人なんだわ」

「そうさ、大人だよ。親の手に負えるようなしろものじゃないんだ」

岡村は顔をあげて耳を欹《そばだ》てた。さっきから籠《こも》ったようなどふ、どふという物音がしているように思ったのだが、それは斜め前のスナック「麻里」から洩《も》れて来るカラオケの音響らしかった。歌う声は聞こえない。

「ママの立ち退きの話は、その後どうなっているの」

岡村がそう言うと、奥の若い客が顔をあげた。今度は岡村ではなく、ママの清子を見たようである。

岡村がはじめて来たころ、「きよ子」がある路地には両側に数軒ずつの飲み屋と飲食店がならんでいたものだが、いまは三軒しか残っていない。「きよ子」と「麻里」、それに郷土料理の「越路」である。ほかはここ一年ほどの間に、いつの間にか店をたたんで姿を消してしまった。

そしてやめた店は営業不振でつぶれたというわけではなく、いずれここの路地にある建物を全部つぶして、あとに五階建てのビルを建てる計画があり、地主側に説得された店が立ち退き料をもらってよそに移って行ったのだと岡村は聞いている。ふつうはひとつの店がつぶれると待っていたように改装の手が入り、ものの半月もたつと新しいネオンがついてつぎの店が開店したりするものだが、路地の飲み屋街ではそういうこともなく、店が移ったあとは、夜などゴーストタウンのように真暗なままでいるところをみると、岡村が耳にしている情報は本物だと思われた。

当事者の「きよ子」のママは、ふだんあまりそのことには触れず涼しい顔で商売をつづけているが、岡村は時どきそのうわさが気になる。立ち退きが決まったら、ひとこと知らせてもらいたいものだと思うせいだった。知らされてもべつにママの力になれるとは思わないけれども、そのあとの身のふりかたぐらいは聞いておきたい。ママの清子が路地を出て、この界隈《かいわい》のべつの場所に店を開くようだったら、当然つづけて通わなければならないし、立ち退き料をにぎってきっぱりと水商売の足を洗うということなら、それはそれでせめてしんみりとわかれを惜しみたいものだと岡村は考えているのだった。

「まだ大丈夫のようですよ」

と清子が言った。

「へえ、案外のんびりしてるんだな」

「五階建てでしょ。日照権かなんかの関係で、まだ正式の許可がおりてないんですって」

「ははあ、そういうことか」

岡村はうなずいた。近所からそういう苦情が出ているのかも知れなかった。

「どっちみち、店をたたむときは知らせてもらいたいな」

岡村がそう言ったとき、若い男がママお茶漬けくださいと言った。岡村は時計を見た。十時を過ぎていた。バスは終バスをふくめて、あと二本しかない。

「シャケ？　それともノリ茶？　梅茶？」

「梅茶」

と若い男が言った。岡村もノリ茶漬けを注文した。「きよ子」の今夜の客は、最後までこの二人だけでおしまいになるらしかった。カウンターの内側にしゃがみこんで茶漬けの仕度をはじめた清子が、生首のようにひょいと顔だけのぞかせて言った。

「岡村さんとこのいたずら電話は、どうなりました」

「相変らずだよ。まいったよ、ママ」

と岡村は言った。

和風スナックバー「きよ子」は真暗だった。「越路」はとっくに店をしめて、向かい側の「麻里」のネオンだけが、うす青くともっている。

岡村はとぼしいその光で、「きよ子」のドアやそのまわりを仔細に見まわしたが、休業の札も出ていなければ、何かのことわり書きの紙が貼ってあるようでもなかった。建物は暗く静まりかえって、中にひとがいる様子はない。清子はバーとはべつにどこかに家があって、そこから通って来るので「きよ子」には泊らないことを岡村は知っている。

風邪でもひいて早仕舞いにしたかな、と思ってみたが、何となく腑に落ちない気分が残った。「きよ子」のママは丈夫な女でめったに店を休まなかったし、また客にことわりなしに突然に休んだりする女でもなかった。清子が店をしめているのは、そういうありきたりのつごうからではなく、もっと違う事情のせいではないかという気がした。岡村の胸に落ちつかない気分が芽ばえた。その落ちつかなさは、ほとんど胸さわぎと言ってもいいほどのものだった。

その穿鑿《せんさく》はべつにして、とりあえず腹を何とかしなくちゃと、岡村はわれに返って自分のすきっ腹に考えをもどした。酒は会社の帰りに飲んで、「きよ子」にはお茶漬けを喰うだけの用で寄ったのである。留守とわかればほかに物を喰わせる店をさがさなくてはならなかった。

だが時計を見るまでもなく、時間は十時半を回っている。岡村はすばやく、駅前のあたりの喰べもの屋を頭に思いうかべてみたが、この時間にひらいている店はありそうになかった。喫茶店ならまだやっているだろうが、それも十一時には店をしめる。いまごろ行ってサンドウィッチなどを注文したら、店ではいやがるだろう。バスで終点まで行けば、そこに二十四時間営業のファミリー・レストランがあることはある。しかしそこまで行ってしまうと、今度は家まで十五分ぐらいの道を歩いてもどらなければならない。岡村は疲れていて、三分だって歩くのはいやだった。

岡村は「麻里」のネオンを見た。「麻里」からは相変らずどふ、どふという一定の籠った物音が聞こえ、それに絡むようにか細い女の歌声も洩れて来る。この時間になると、「麻里」の店内の照明は真紅に変り、歌に合わせて客も店の女たちも全員踊ったりすることを岡村は知っていた。

「麻里」はいま最高潮の時間をむかえて、店内は熱気でふくらんでいるにちがいなかった。ドアの隙間から赤い照明が勢いよく光ったりしぼんだりするのが見え、それを路地の闇にうずくまる巨大な獣の眼と見立てれば、どふ、どふとひびくカラオケの音楽は、その獣の心臓の鼓動と聞こえなくもない。路地では「麻里」だけが目ざめ、いきいきと呼吸していた。

「麻里」でもむろんスパゲティぐらいは喰わせる。しかしいまは何か喰わせてくれという雰囲気ではなかろうと思いながら、岡村はすきっ腹をかかえて路地を出た。

駅前広場までもどると、バス停留所に行き先標示の赤い最終バスがとまっていた。客はほとんど乗りおわるところである。考えるひまもなく岡村はよたよたと走った。若いころは在りかもわからなかった胃とか腸、それに肝臓、肺臓などと思われる内臓が、それぞれの場所で不快に揺れ動き、たちまち息が切れて来た。気持は軽軽と走っているのだが、ガタが来た身体に裏切られている。岡村は五十六だった。だが、喘《あえ》ぎながらもバスには間に合った。

岡村の家は建売り住宅である。ローンの支払いがあと三年は残っているというのに、一点豪華主義ふうの一枚ドアをはめこんだ家の正面は、深夜の灯でもかなりくたびれて見えた。ドアのニスと窓枠のペンキを塗り直し、モルタルの壁を塗りかえれば多少は見ばえがよくなるだろうと、玄関を出入りするたびに思うのだが、岡村は気がすすまずにそのままにしていた。

柱を三本も白蟻に喰われたとき、喰われた部分を切り取って柱を継ぎ足す補修工事をした。そこだけにかぎらず、どうせこの家にはあちこちに少少化粧を直したぐらいでは追いつかない罅《ひび》が入っているのだからと岡村は思ったりするのだが、気持の奥底には、家そのものに対するもっと投げやりな気分があって、壁を塗りかえたりペンキを塗ったりすることは気がすすまないのだと岡村は気づいていた。

膝を入れるほどの小さな家でいいから自分の家が欲しいと、焦《こ》がれるように思いつづけたことも、頭金のつごうがついてローンを組みおわったときの喜びも、いまは夢かと思うばかりに気持から遠かった。家というものに抱いたそのころの欲望のはげしさを、岡村は理解しがたいもののように思い返すことがある。そしてそんなふうに家に対する愛着がうすれた理由についても、岡村はぼんやりと思いあたるところがあった。家を欲しがったのは、自分のためというよりは自分をその中にふくめた家族というもののためだったろう。だが繭の中の蛹《さなぎ》のようにその家でまどろんだ時間はほんのいっときで、家族はいま四散を目前にしていた。家は御役ご免になったのだ。

玄関の鍵をかけて外の灯を消すと、気配を聞きつけたらしく二階から華江が降りて来た。

「まだ起きていたのか」

「まだまだ、これから深夜テレビを見るところ」

そう言えば二階でテレビの音がしている。紅茶でもいれようかと華江が言った。めずらしいことである。華江は自分の受持ちの食事の仕度と家の中の掃除をするほかは、概《おおむ》ね父親とは没交渉で暮らしていた。親子が話すのは、あわただしい朝の食事のときぐらいである。

「紅茶より、何か喰うものがないか」

「どうしたの」

「晩飯をまだ喰ってないんだ」

「ウッソー、外で喰べて来るって言ったじゃない」

「喰いっぱぐれたんだよ」

何もなければ即席ラーメンでいいと岡村は言った。空腹は堪えがたいほどになっていた。すると華江が、ご飯が残っているから炒飯《チャーハン》を作ってあげると言った。

「ご飯があるんならお茶漬けにしてくれよ」

「お茶漬けじゃ栄養がとれないわよ、ほかにおかずもないんだし。いいからまかしておいて。ネギとハムがあるからちょうどいいわ」

華江はおもしろくないことがあると、二日も三日も下宿人のように玄関から黙って二階に上がったりする娘だが、今夜はばかに機嫌がよかった。年寄りの胃に深夜の油ものは毒だと聞いたような気もしたが、岡村はせっかくの華江の機嫌をそこねたくなくて、黙って灯がともった台所に入った。

そこはダイニングキッチンになっていて、食卓の椅子に腰をおろすと、合板の床からかすかな冷えが立ちのぼって来た。あたたかくなって十日ほど前から暖房器具を使っていないが、夜がふけるとやはり冷える。華江が案外に手ぎわよくネギとハムをきざみ、残飯と醤油を用意してフライパンを火にのせるのを見ながら、岡村は足で床を鳴らした。

華江が振りむいた。

「寒いの」

「うむ、腹もすいたんだ」

「すぐに出来るよ」

華江は男のような口をきいた。そこで突然に言った。

「おとうさん、あたし結婚するかも知れないわよ」

「へえ、誰と」

「いやねえ、柿崎さんに決まってるじゃない」

柿崎というのが、華江とつき合っている妻子持ちの男である。華江が勤めている神田の衣料品会社の上司で、三十二で部長だというからやり手なのかも知れないが、岡村は何となくいい加減な男のような気がしている。その若さで、いまの家族にもう倦《あ》きが来た男をそう簡単には信用なるものかと、岡村は自分の家族に対する若いころの気持に照らして不信感を拭えない。

岡村が黙っているので、華江がまたちらと岡村を見た。

「離婚話にやっと恰好がついて、柿崎さん今度別居したのよ」

「罪なことをするもんだな」

岡村は小声で言ったので、フライパンの中身を掻きまわしていた華江には聞こえなかったらしい。え？　と言った。

「子供をどうするんだ」

「いま揉めているのはそのことなのよ。どっちで引き取るかということ」

「子供はいらないというのか」

「反対よ。両方で自分の方に引き取りたがっているの」

華江が炒《いた》めた飯の上に醤油をたらすと、急にうまそうな匂いが台所に充満して、岡村は油ものが胃にわるいなどということを無視したくなった。あのひとが引き取りたいと言うんなら、子供はあたしが育てたってかまわないんだと炒めご飯を掻きまわしながら華江が言った。思いつめた声に聞こえ、岡村はその声にちょっぴり救われたような気がした。自分の娘ながら、岡村は柿崎と妻を別れさせる原因になった華江を憎みかけていたのである。

結局そういうことになるのか、と岡村は思った。二十を過ぎるころから、娘は概ね父親の理解を超えた存在になる。隠しポケットをいっぱい持ち、必要があれば姿を消してしまうマントまで持つ人間に変ってしまう。父親にわかるのはほんの片鱗《へんりん》でしかなく、たとえば頭痛ひとつにしても子供のころのそれとは性質がちがうんじゃないかと、岡村は遠くからこわごわと華江を見つめていることがある。さわらぬ神に祟《たた》りなしという気分になる。

それは妻のわからなさとか、ふつうに言う女のわからなさというものとはまったくべつのものだ。それまで手に取るようにわかっていたものが、ある時期を境にだんだん不透明になり、最後にはかすかにしか見えなくなるというわからなさには、絶望的な感じがふくまれていた。そんなふうだから、結婚ということでも親が口出し出来る領域はごく狭いと、岡村は考えていたのである。柿崎との結婚も、成行きから言えば華江が自分で決めたというのなら、それでいいじゃないかと思うことも出来た。

しかし無念の思いがまったくないわけではなかった。父親の心には、ごく素朴な形で娘の無垢《むく》に対する祈念が隠されている。陳腐な思い入れと言ってしまえばそれまでのことだが、その思い入れが時に切実ないろを帯びるのは、無垢ということに親が幸福の持続を見るからであろう。そのとき親は、自分の羽根の下にいて幸福だった娘の姿を残像のように見ているのである。そして無垢がそこなわれることと不幸を結びつけようとする気持のありようは、いささか時代ばなれして迷信に似て来るにしても、娘を持つ父親の胸の底にある何事もなければいいというつぶやきは、決しておざなりのものではなかった。それはやはり、たえまない祈りというべきものだった。

何事もなくという祈念の意味は少少不明確で、漠然としているが、たとえば柿崎のような妻子のある男にかかわり合ってもらいたくないということも、いちはやくその中にふくまれていたことは確かである。幸福の在りかなどというものは誰にもわかりはしないとはいうものの、何事もなく嫁に行ってくれれば万歳だ、それまでの辛抱だと思ってきたのがこれで水の泡になったと、岡村は気持の片隅で執拗《しつよう》に思っていた。

出来上がった炒めご飯が出て来た。華江はお茶がいるかと聞き、岡村が欲しいと言うと手早くお茶をいれた。そして自分の湯呑みも出してお茶をつぐと、岡村のむかいの椅子に坐った。まだ何か話しこむつもりらしい。結婚の目鼻がついて興奮しているのかも知れなかった。

結婚式の相談などという気分じゃないよ、と岡村が思っていると華江が言った。

「わたしが結婚したら、おとうさんどうするの」

「どうするって」

「ご飯の仕度、掃除、洗濯……」

「そんなものは何とかなるよ。Mにいたときには自分でしたんだ」

「洗濯機動かせる」

「いや。しかしやり方を聞いとけば出来るよ」

飯の仕度だけは何とかしなくちゃならないが、掃除と洗濯は毎日やるわけじゃない。気がむいたときにやればいいのだと岡村は思った。

「でも、男のひとり暮らしというのはなんとなく、みじめなんだよなあ」

「案ずるより生むが易し、さ」

「だって病気になることだってあるだろうしさ。そのときはどうするのよ」

そこまで考えたんじゃきりがないよ、と岡村は言った。だが華江はそれには答えずにうつむいてお茶を飲んだ。父親似の丸顔に、生まじめに考えこむ表情があらわれている。へえ、やっぱり親のことも考えてはいるんだと、岡村がいくらかうれしい気持になったとき、華江が顔をあげた。

「おとうさん、再婚したら」

岡村はびっくりして、スプーンを動かしていた手をとめた。顔がほてって来た。自分の娘の口からそういう言葉を聞いたのが、ひどく恥ずかしいことのように思われたのである。しかし華江は気づかないらしかった。無頓着な口調で、おかあさんも五年になるんだからもういいんじゃないかと言った。

「それはいいだろうけど、誰と再婚するんだ」

「これから相手をさがすのよ」

「もうそんな齢じゃないがな」

と岡村は言った。それは娘に対するテレ隠しの挨拶だったが、いくらかは本心でもあった。再婚という言葉には、途方もなく重たくて億劫《おっくう》な感じがふくまれている。

「いまは老後が長いんだし、ひとりでいるとはやくボケちゃうって言うわよ」

「でもおとうさんは窓際族なんだ。停年まであと四年しかないし、そんなところに来るひとはいないよ」

「へえ、おとうさん窓際族なの」

華江はしげしげと父親を見た。しかし格別おどろいた様子はなく、その顔にはなにか珍奇なものを眺めるような表情がうかんでいるだけだった。ひょっとしたら、これがうわさに聞く窓際族かと思ったかも知れない。

「いつからなの」

「今年からだ。なりたてのほやほやだ」

岡村は嘘をついた。実際は妻の民子の病気を理由に、M市にある支社から本社にもどしてもらった直後に、その身分が確定したのである。それから五年になる。

「でも、退職金はふつうに出るんでしょ」

「ああ」

「家のローンは勤めている間に終るし、退職金と自分の家があれば大丈夫よ、おとうさん」

華江ははげますようなことを言い、つぎに思いがけないことを言った。

「あたしは自分のお金を持ってるし、退職金も家もいらないわよ」

「何のことだい」

岡村はびっくりして言った。

「遺産の話か」

「そうよ、わたしは権利を放棄します」

華江はアメリカ映画の宣誓の場面をまねて、手のひらを岡村にむけて立てた。そして手をおろすと、兄さんだっていらないって言うと思うよとつけ加えた。

長男の雄一は地方の大学を出て、そのまま地元の企業に就職した。そして二年前に、大学でつき合っていた娘と結婚したが、娘の父親は土地の素封家で、雄一はその家に入《い》り婿《むこ》の形で同居しているのだった。一年に二、三回電話があるだけで、ハガキ一本来るわけではない。華江が言うとおり、雄一が罅が入った建売り住宅に執着を持っているとは思えなかった。

「万一のときは、家をそっくり上げるというのを条件にすればいいのよ」

「………」

「ほら、何と言ったっけ。お茶漬け屋のおばさんは結婚してくれないかしら」

「きよ子」のママのことを言っているのだと岡村は思った。突然に胸がときめいて、岡村はうろたえた。

「そのひとには家とか会社とかの愚痴をこぼしたりするんでしょ。気心が知れてていいんじゃないの」

「それだけでいきなり再婚というのは、ちょっと飛躍してんじゃないか」

岡村はにが笑いした。

「バーのママとお客というのは、よくそういう話をするんだよ。特別なわけじゃないよ」

「そうお」

「それに、むこうのことはあまりよく知らないんだ」

「未亡人じゃないの」

「さあ、どうかな」

「前にそう言ったじゃない。今度会ったとき、一応たしかめてみたら」

ふん、逃げ出しにかかっているなと岡村は思った。首尾よく再婚相手が見つかったら、その女にガタが来た父親を押しつけてすたこらさっさと逃げようという算段だ。

岡村は、自分がどうしようもなく不機嫌になって来るのを押さえられなかった。華江が父親を捨てて逃げ出そうとしているのを咎《とが》めているのではなかった。子供が一人前になって親からはなれて行くのは、それこそ自然な成行きで喜びこそすれ、文句を言う筋合いのものではない。これで上等だという気持がある。

気にいらないのは、華江が家はいらないと言ったことだった。3DKの建売り住宅でかなり傷んで来ているとはいえ、家は岡村の勲章だった。雄一の学費が嵩《かさ》んだ時期とか、その時どきにローンの返済に苦しんだこともあったが、とにかく家族の巣を守り切ってローンも完済目前まで漕ぎつけたのを、岡村は誇りにしていた。それを家はいらないとは何たる言いぐさかと思うのだ。親の誇りなどというものは一顧もされていないのを岡村は感じる。民子が生きていたら、やはり怒り狂うだろうと岡村は思った。胸のときめきはとっくに消えている。

「ごちそうさん、うまかった」

不機嫌を隠して岡村は立ち上がった。すると華江も立って柿崎に会うかと聞いた。

「それはまだいいだろう」

今度こそ不機嫌を押さえきれず、岡村は離婚話がすっきりかたづいてからだと、強い口調で言った。

布団を敷いてテレビも見ずにすぐに横になったが、岡村は足がつめたくてすぐには眠れなかった。布団の中で足をこすり合わせ、枕もとのスタンドの光にうかぶまがい物の天井板の木目を眺めていると、考えはいつの間にか店を閉じていた「きよ子」にもどっていた。ママの清子の色の白い丸顔も頭にうかんでいる。華江があんなことを言ったからだろう。

――再婚か。

「きよ子」のママと再婚する可能性などというものがあるのかどうか、なにしろあのママには課長だと言ってあるからなと岡村は思っていた。それはあながち嘘をついたというわけでもなかった。岡村の会社は海産物加工の食品会社で、港があるM市に支社と工場がある。単身赴任でそこにいた三年の間は、岡村は第二営業課の課長だったのである。しかし妻の民子が時どき寝込む病身で、それを理由に東京本社にもどしてもらってからの辞令には肩書きがなかった。配属は市場調査室で、岡村は来る日も来る日も、会社製品の大口納入先である量販店が行なった消費者アンケートを分析したり、関係官庁から出ている統計書類を読んだりした。そして岡村が東京にもどるのを待っていたように民子が脳出血で倒れ、意識不明のまま十日ほどで病死したために、肩書きが消えたことにも、市場調査室の仕事の中身にも異常を感じるひまがなかったのである。

岡村が自分の仕事に対してどうもおかしいという感じを持ったのは、民子が病死してから三月ほどたち、ようやく気持が落ちついたころだった。やっている仕事がとても退屈だった。我慢出来ないほどだった。毎週月曜日になると、市場調査室のひろい部屋にどさりと書類が持ちこまれる。それは統計書類や経済雑誌、まだ整理されていない各種のアンケート、数種の日刊紙などで、岡村たちは金曜日までに手わけして書類や新聞、雑誌を見、数字を整理したり、コピーをとったり、経済記事を切り抜いてスクラップ・

ブックに貼ったり、アンケートを分析して所見をつけたりして、持ちこまれた書類を処理する。すると月曜日にはまた新しい書類やら雑誌やらがどさりと持ちこまれて来る。

その繰り返しだった。岡村たちの作業の結果がどこの部門にまわり、どういう使われ方をしているのかはまったくわからなかった。ある日岡村は室長の橋本に言った。

「数字を眺めるのもわるくはないですけど、たまには外に出してもらえませんか」

「外に出る」

橋本はびっくりした顔で岡村を見た。橋本は太った大男で、髪は半分ほどしかなく、残っている髪は灰色だった。眼鏡の奥のはっきりした二重瞼《ふたえまぶた》の眼が、またたきもせず岡村を見ている。ぎちと椅子を鳴らし、橋本はていねいな口調で言った。

「外に出たいですか」

「ええ、市場調査ですからたまには現場をみるのがいいんじゃないかと思いまして。スーパーを十軒ほど回らせてくれませんか」

「………」

「レポートはちゃんと書きますよ」

「岡村君、きみ、ちょっと下でお茶でも飲みませんか」

と橋本が言った。会社が入っているビルの一階には喫茶店がある。二人はエレベーターで一階に降りると喫茶店に入った。

「きみも知ってのとおり、会社の経営をいまいちばん圧迫しているのは人件費なんです」

おしぼりで顔をぬぐい、はこばれて来たコーヒーをひと口すすると、橋本はひと膝乗り出す恰好になってそう言った。そして次期決算で予想されている部門別の売上げと経費、会社全体の経常利益、純利益、株式配当率などという数字をつぎつぎと挙げた。

「なまじの商いをするよりは人件費を押さえる方が会社はもうかると、そういう時代になって来たんですな。いや、いま現在わが社がそういう消極策ですすんでいるというわけじゃありませんよ。わが社は売上げをのばすのに必死です。ただ根本のところに、いま言ったような哲学が必要だということです」

要するに働くなということだった。遊んでいていい、そのかわりに昇給、ボーナスというところでは会社全体のために我慢してもらう。そういうことを、橋本は遠まわしに言っていた。岡村はショックをうけ、しばらくは声も出なかった。コーヒーにも手をつけなかった。しかし橋本のひびきのいいやわらかな声を聞いているうちに、岡村はいくらか落ちつきを取りもどし、同時に徐徐に胸にいら立ちがこみ上げて来るのを感じた。自分が選ばれて窓際に坐ることになった理由がわからなかった。岡村はまだまだ第一線で働くつもりでいたのである。橋本のおしゃべりは抽象的で、岡村にとっては肝心のそのあたりのことには少しも触れていなかった。

「会社は運命共同体です。おたがいに譲るところは譲らないと、前にすすむどころかひっくり返ってしまう船ですよ」

橋本はため息をついて椅子の背もたれに身体をあずけたが、すぐにその身体を深く前に傾けて来た。

「岡村君はたしか、奥さんの発病に間に合って、十分に看護して上げることが出来たんでしたね」

「はい」

「上等じゃないですか」

橋本は深い声音で言った。

「男としては以て瞑《めい》すべきだと思いませんか。率直に言って、君はめぐまれていたと思いますよ」

橋本はいくらかうるんでいるような大きな眼で、じっと岡村を見つめていた。岡村も橋本を見返した。そしてその一瞬の間に岡村はいら立ちからはっきりした怒りにふくれ上がろうとしていた気持が、潮がひくように力を失うのを感じた。やはり遠まわしな言い方ではあったが、橋本は岡村の窓際行きが、強引な本社復帰工作と関係があることをほのめかしたのである。原因がそこにあるとすれば、橋本の言うとおりにめぐまれていたと思うしかなかった。岡村はすべてを、いまあるがままにうけ入れようという気持になっていた。

あのとき、この先自分の上には二度と日が射すことはないだろうと思ったのだが、と岡村は橋本室長とむかい合ったときのことを思い出している。足があたたまって来て、いくらか眠気が兆していた。しかし「きよ子」のママと再婚することにでもなれば、思いがけなく枯木に花が咲くということになるのだろうか。

岡村は「きよ子」のママのむっちりした手首や華奢な指を思い出そうとした。するとそれは思いがけなく生なましい感じで頭にうかんで来た。つづいて浅いくびれがある顎やももいろの耳たぶなどもうまく思い出せて、岡村は身体の奥にかすかに性的な衝動が動くのを感じた。その感触は岡村に思いがけない幸福感をはこんで来た。その勢いをかりて、岡村は「きよ子」のママの裸を思い描いてみようとしたが、それはうまくいかなかった。数年も女の身体から遠ざかっている岡村の想像力はおどろくほど退化していて、頭の中には、いくらあせっても輪郭もはっきりしない白くぼんやりしたものがうかんだり消えたりするだけだった。岡村はあきらめてスタンドの灯を消し、眠った。

電話が鳴った。岡村はすぐ目ざめてスタンドの灯をつけると、柱の時計を見た。午前二時を少し回ったところだった。二、三日おき、時には数日をおいてかかって来るいつものいたずら電話である。おそらく相手は時計が二時を打つのを待って、番号をまわしたのだと思われた。その時間に、電話をかけて来る者の悪意があらわれていた。岡村は受話器を取ると無言で耳に押しあてた。何の物音も声も聞こえなかった。だが受話器のむこうには、まがまがしいほどはっきりと、息をひそめてこちらの様子を窺《うかが》っている者の気配が感じられた。そのまま根くらべをするように三十秒ほど無言で相手の様子をさぐってから、岡村は受話器をフックにもどした。

たちまち狂ったようにベルが鳴り出した。だが岡村はもう相手にせず、押入れから用意の古びた毛布を出すと電話機を厚くくるんだ。そして隣のダイニングキッチンにはこび出すと、そこでさらに上下から座布団で押さえた。その処置が出来るように、電話局に頼んでコードを長くする工事をしてある。電話のベルはしつこく鳴っているが、音はずっと小さくなった。あとはその音を気にせずに眠れるかどうかが勝負だと思いながら、岡村は布団にもどった。横になると、こらえていた怒りが少しずつ静まって行った。深夜のいたずら電話の相手には、まったく心あたりがなかった。

岡村は公園に入って行った。公園をつっ切って、その先に密集している住宅地を通り、梅林の横に出て芝生とゴルフセンターの間の道を通り抜けると、バス通りを行くよりは五分ほどはやく駅前に出られる。ずっと以前に、散歩しているときに見つけたこの近道を、岡村は気にいっていた。

公園は、雑木林とほんの少し子供の遊具があるだけの広場から出来ている小公園で、たいていは人気がなくひっそりとしている。地所の三分の二を雑木林が占め、雑木の大部分はくぬぎとこならだった。その間に数本の松とあかしで、けやきなどがまじり、雑木林と広場の境目には奇怪な形をしたにわとこの木が三本ならんでいる。ほかに公園の出口にもみの木と貧弱な桜があるのは、にわとこと一緒に後から植えたものだろう。

公園には入口が二つあって、岡村が入って行ったのは林側の入口である。夏の一時期、林の中は雑木の下枝とのびほうだいの下草が茂り合って、小道のありかもわからないほどに乱雑なうす暗い場所になってしまうのだが、冬は木の葉が落ちて、掃除の老人たちがその落葉と枯草をはこび出して焼いてしまうので、見ちがえるほどにあかるい。林の奥の方まで見通しがきき、公園の外にある白壁と茶色の屋根を持つ家が、雑木の幹の間から遠く透けて見えている。

岡村は小道にしたがってゆっくり広場の方にすすんで行った。弱い風が通り抜けていて、その風はまだつめたかったが、林の中には隈《くま》なく日がさしこみ、木の下を行く岡村の肩を照らした。くぬぎの枝にはまだ枯葉がしがみついていて、岡村が歩いて行くとセピアいろに変色した葉が風に動き、耳もとでかすかな音を立てた。雑木の芽はまだ固くしまっていたが、広場に出るとにわとこの木はもう芽吹きはじめていた。にわとこは幹の瘤《こぶ》からも赤らんだ芽をのぞかせていた。

誰もいないブランコのそばを通って、岡村は公園を出た。そして道が狭い住宅地に入りこんで行った。土曜日で岡村は会社が休みである。いそがずにぶらぶらと歩いた。ひとの家の庭をのぞきこんで山茶花《さざんか》の白い花に見とれたり、そろそろ花が咲きはじめた梅林やゴルフの球を打っているひとを眺めたりしたので、「きよ子」がある路地に着いて時計を見ると、もう昼近かった。しかし散歩の目的は「きよ子」の様子をたしかめることと、外で昼飯を喰うことだからそれでいいわけである。華江は朝から出かけ、夜もおそくなると言っていた。

表通りに立ったまま、岡村は路地の様子を眺めた。あかるい光の中で路地の建物を見るのははじめてだった。むかい合う路地の両側の建物はモルタル造りの二階建て長屋で、十分に奥行きもあり、それぞれの店が独立した住居の体裁をととのえているのに、岡村は意表をつかれたような気がした。夜の間に通って来ていたときは、そこが住居だという感じがしなかったからである。子供の姿も見かけなかったような気がする。

しかし建物はいま、灰いろの壁のあちこちが黒く汚れ、板のドアは塗りがはげてそり返り、居酒屋「高砂」の窓ガラスは割れて外に落ちていた。欠け落ちた穴のむこうに暗い店内が見えている。ひとのいない荒廃があたりにただよっていた。その中でただ一軒、「麻里」だけがドアがひらいていて、中から洗濯機をまわす音がひびいて来る。岡村がその前を通ると、ドアの奥の方に赤いスカートとスカーフをつけた女のうしろ姿が見えた。「麻里」のママだろう。

「きよ子」のドアは固くしまり、ひとの気配はまったく感じられなかった。ドアの横のあかり取りのガラスには、数日前の風雨の名残りと思われる泥はねがいちめんにこびりつき、そこにはやくも荒廃が顔をのぞかせているのを岡村が見つめていると、洗濯機の音がやんで「麻里」のママが外に出て来た。

「『きよ子』のお客はんでっか」

「麻里」のママは馬のように長い顔をした三十女である。化粧をしていない顔は血の気がなく無残に荒れているが、半袖の黒いセーターから出ている腕はかがやくほどに白かった。ママのうしろに三つか四つと思われる女の子が立っていて、母親の赤いスカートをにぎりながら首だけ出して岡村を見ていた。

岡村はそうだと言った。岡村はママの顔をおぼえているが、ママの方は岡村をおぼえていなかった。岡村は「きよ子」を振りむいた。

「ここ、やめたんですか」

「やめはったらしいわね」

「麻里」のママは手を腰にあてて、品定めするように岡村を見ながら、「越路」も三日前に引越して、ここに残っているのは自分の店だけだと言った。

「ここをつぶして、あとに大きなビル建てるんやて。えげつない話や」

「それは聞いてます」

「そうでっか。ウチもそろそろ出なあかんのやけど、これの決まりがつかへんさかいに」

ママは勢いよく右手の指で丸をつくって見せた。

「まだ出て行かれへんのですわ」

そのとき「麻里」の家の中から、「ヤスヨ、ヤスヨ」とママを呼ぶ声がした。ママが店でマスターと言っている齢下の若い男と暮らしていることは、岡村も聞いている。呼んでいるのはマスターだろう。「麻里」のママは若い声をつくって返事をし、すぐに家に入りかけたが、思いついたように岡村を振りむいた。

「ウチはまだしばらく店やっていますさかい、一度来ておくれやすな。最後の出血大サービスさせてもらいまっせ」

岡村は駅前広場に出た。広場のむこうに扁平な駅舎とこの私鉄沿線を本拠にしているスーパーKの五階建ての建物が見え、その手前に三台のバスと珠数つながりのタクシーがとまっている。飲食店やレストランは駅のそばにもKの店内にもあるが、岡村はそちらには足をむけず、ひとびとにまじって踏切りをわたった。駅の北口にある喫茶店に行くつもりだった。土曜日のせいか、駅のまわりには岡村のようにラフな恰好をした男たちが大勢歩いていた。

岡村は「きよ子」のママがあっけなく行方不明になってしまったことに、かなり気落ちしていた。むろん岡村は、「きよ子」のママとの再婚などということを本気で考えていたわけではなかった。それは華江の無責任な言葉がつくり出した、現実的な何の手がかりもない夢想だと承知していた。しかしその非現実的な夢想には、岡村が思わず胸をときめかせるようなつつましい幸福感がふくまれていたことも事実だった。「きよ子」が廃業しママがどこかに行ってしまったことがはっきりすると、心をくすぐる幸福感が消えうせただけでなく、三日に一度「きよ子」に飲みに行くという現実のたのしみもなくなったわけである。

北口の狭い路地には喫茶店やパチンコ店、それにバーやスナック、家庭割烹、鮨屋などがならんでいて、「きよ子」を見つける前は、岡村は家とは反対側にあるこの界隈で飲み回っていたのである。岡村はコロナという喫茶店に入った。そこも以前はよくコーヒーを飲んだ店である。岡村はマガジンラックから新聞を取り、席につくとコーヒーを注文した。

そして何気なく顔をあげると、三つほど先の席に「きよ子」で一緒だった若い男がいた。やはり休みらしくセーターに替上着をかさねた姿で、大型のマンガ本を読んでいる。一人だった。岡村は思わず立ち上がると、水のはいったコップとおしぼりを持ってその前に行った。切れたと思った「きよ子」のママとのつながりが、まだかすかにつづいているのを感じていた。この青年が何かを知っているかも知れない。

「ここ、いいですか」

若い男はどうぞと言った。そしていったんマンガ本にもどした眼をまたあげて岡村を見た。岡村はラバソールの靴をはき、セーターに半コートをひっかけているのですぐにはわからなかったらしい。男の顔に岡村を認めた表情が動き、軽く頭をさげた。岡村もしばらくと言った。

「こんなところでお会いするとは思わなかった」

若い男は黙っている。眼は岡村とマンガ本の間をさまよい、いくらか迷惑げにも見えた。それで、コーヒーがはこばれて来るとすぐに、岡村は言った。

「『きよ子』やめたんですな。おどろきましたよ」

「………」

「どこか、場所を変えるというようなことは聞いていませんか」

「いや、聞いていません」

「すると、やっぱり引退ですかな」

男は答えなかった。この男も大したことは聞いていないらしいと、岡村はやや失望しながらあのママはどこに住んでいたんだろうと言った。すると思いがけなく、若い男がある地名を言った。

「あそこの団地ですよ」

その場所は、バスの路線はちがうが位置から言うと岡村が住む町の奥にあり、そこにある団地は東京周辺の大団地のはしりとして知られていた。

「団地のどのへんですかね」

「さあ、そこまでは知りませんが」

男は眼をマンガ本にもどしそうにしたが、思い直したように岡村を見た。

「行って調べればわかるんじゃないですか」

「大団地なんでしょ」

「でも、地図とか名簿とかはあると思いますよ」

男はふだんセールスでもやっているような言い方をした。その方法は、支社で営業第二課にいた岡村にもわかる。調べる方法はあると思った。ママの名前は大場清子である。

岡村は少し考えてから言った。

「あのママ、未亡人だと聞いたんですが、ほんとですかね」

「え？　誰がそんなことを言ってました」

男は疑わしそうな眼で岡村を見た。岡村は胸の内を見すかされたような気がして、思わず顔がほてった。コーヒーを飲んでごまかした。

「僕は旦那も子供もいると聞いてましたがね。もっともあのひとはやり手だったから、何かのつごうでそう言ったかも知れませんが」

若い男ははっきり嘲笑《ちょうしょう》とわかる笑顔を岡村にむけた。マンガ本を伏せて、正面から岡村を見た。

「人に聞いた話ですがね。一番しつこくごねて、高い立ち退き料を取ったのが『きよ子』のママだそうですよ」

その夜岡村はいつまでも眠れなかった。おそくなると言った華江が十一時になっても帰らず、その間昼に会った若い男や「きよ子」のママのことを考えたので気持が高ぶってしまったようだった。「きよ子」のママのことでは、なにか手ひどく裏切られたような気分が残ったが、自分の考えの甘さに腹が立つというだけでむろん実害があったわけではない。そして岡村はタカちゃんとかいう若い男が言ったことを無条件に信じたのでもなかった。一度ママに会ってみたいという気持も消えていなかった。にもかかわらずつぎの瞬間には、タカちゃんが言ったママには旦那も子供もいるという言葉が思い出されて、岡村は狐憑《きつねつ》きが落ちたような寒寒とした気分になったりするのだった。時計が十二時を打つのを聞いて、岡村はようやくうとうとと眠った。

するとたちまち電話に起こされた。岡村は手さぐりでスタンドの灯をつけ、くっついている眼をむりにあけて時計を見た。午前二時だった。岡村は受話器を取って耳に押しあてた。岡村ですと言った。ひょっとしたら、華江かも知れないと思ったのである。受話器からは何の物音も聞こえなかった。その夜は岡村の怒りはたやすく爆発した。受話器にむかって、いい加減にしたらどうだとどなった。そんなことをすれば相手を喜ばせるだけだと思ったが、気持の歯止めがきかなかった。

「この夜中にいったい何の用があるんだ、きさま。いつも、いつも……」

岡村は興奮して声がつまってしまった。受話器を叩きつけると、大喜びした相手はまたすぐに電話をかけてきた。岡村は毛布に電話機を包んで部屋の外に出すと、玄関に行った。玄関の鍵があいたままで、外の灯もついている。念のために二階に上がって華江の部屋をのぞいてみたが、やはり帰っていなかった。部屋はきれいにかたづいたままである。

華江の無断外泊ははじめてだった。岡村はしばらく部屋の外に立ち竦《すく》み、それから灯を消して寒さにふるえながら階段を降りた。外灯を消し、鍵をしっかりかけてから布団にもどった。電話はまだ鳴りつづけていた。

日の光にはあきらかに早春の活気がありながら、午後になって出て来た風には冬に逆もどりしたようなつめたさがふくまれていた。「きよ子」や「麻里」があった路地の建物はあとかたもなくこわされ、奥にいる巨大なパワーシャベルが、路地に半分尻を突っこんでとまっているトラックに、かつては「きよ子」であり「麻里」であった灰いろの残骸をすくい上げて積みこんでいた。「麻里」のママが出血大サービスさせてもらいまっせと言ってから、一週間しか経っていない。

半コートの襟を立てて、岡村が作業を眺めていると、首から笛をさげ、左腕に腕章をつけて緑いろの小旗を持ったガードマンがそばに寄って来た。ヘルメットの下の顔は、おどろくほど日焼けして黒い。

「ここに立っているとあぶないですよ」

とガードマンは言った。

「通るんなら、いま誘導しますから」

岡村はいやと言った。来た道をもどり、少し遠まわりして駅前に出ると、スーパーKで魚の切り身と豆腐を買った。そしてバスに乗って家にもどった。華江は今夜は柿崎のアパートに泊ると言って出た。無断外泊を叱られて居直ったようにも見えた。岡村は自分で飯をつくらなければならない。

着換えて台所に入ると米をといだ。水をこぼすとき大量の米を一緒に流してしまった。単身赴任で飯は炊き馴れていると高をくくっていたが、そのコツをすっかり忘れてしまったようだった。水を入れるときに、せっかく眼鏡を持って来て目盛りを読んだのに、その電気釜はM市で使ったものとは目盛りの刻みがちがっていた。岡村は仕方なく、見当で水をいれた。つぎにパックから豆腐を出すと、ボールに水を張って豆腐を泳がせた。

しかし食事の仕度をするにはまだ早かったので、岡村は二階に上がって雨戸をしめた。ついでに華江の部屋をのぞいて見た。相変らずきれいにかたづいていたが、どこかかたづきすぎているような不自然な感じがあった。その感じは、無断外泊した夜に部屋をのぞいたときにも気持にひっかかったものである。岡村はあらためて部屋の中を見まわした。するとレコード・プレイヤーがなかった。壁にかけて華江が喜んでいたアンリ・ルソーの「カーニヴァルの夕べ」の複製画が、額縁ごと消えていた。

岡村は部屋に入って、隅にある洋服ダンスをあけてみた。服とかコートとかがあらましなくなっていた。いつの間にはこび出したのか、岡村にはわからなかった。呆然と岡村は階段を降りた。

ダイニングキッチンにもどると、岡村は食卓の椅子に腰をおろした。もう食事の仕度にかかってもよさそうだったが、いつの間にか肝心の食欲がなくなっていた。岡村は窓の外を見た。傾いた日射しが狭い庭に入りこんで、光沢のあるさるすべりの幹や、沈丁《じんちょう》花《げ》の赤いつぼみを照らしていた。風はやんだのに、空気はむしろさっきより冷えて来たようである。そして日はいよいよ西にまわったらしく、西側の窓が突然に火のように赤くなって、そこから入りこんで来る光が椅子にいる岡村にもとどいた。岡村は孤独感に包まれていた。

そうか、こんなぐあいにひとは一人になるのかと岡村は思っていた。それは幾度も頭に思い描いたことだったが、胸をしめつける実感に襲われたのははじめてだった。ほっそりして埴輪《はにわ》のような眼を持つ民子の顔を、何物にもかえがたい宝石をすくうように両手ではさんだ日のことを岡村は思い出していた。それは二人が、はじめて一緒に東京の郊外にピクニックに行った日で、やはりいまごろのように少少風がある早春のころだったのである。アルトの声が自慢の民子は歌ばかり歌っていた。岡村はそんな民子をようやく日だまりの傾斜でつかまえて黙らせたのだった。寒くはなかったと岡村は思っている。風はあったが少しも寒くなかった。

その日がはじまりで、子供が生まれ、家をもとめ、子供が家からはなれ、親が一人死に、そしてもう一人の子供がはなれて行き、もう一人の親が取り残されるところだった。そういう来し方を、岡村はパノラマのように見ることが出来た。これが人間の一生なら大きに予想とちがったという気がした。華江が自分からはなれて行くことに不満を持つのではなかった。岡村はただ怪訝《けげん》でならなかった。子供や家に対するあの熱くてはげしい感情は何だったのだろう。こんなふうに何も残らずに消えるもののために、あくせくと働いたのだろうか。窓の光はいつの間にか消えて、考えに沈んでいる岡村を冷えたうす闇の中に取り残した。

その夜も、きっかり午前二時に電話が鳴った。岡村はスタンドの灯をつけて、受話器を取った。相手は無言だった。受話器のむこうから岡村の様子を窺っていた。

「どなたでしょうか」

と岡村は言った。相手の気持がほんの少しわかるような気がしている。午前二時に、眠っているひとを起こすのが狂気の所業なら、その狂気はいまの岡村の中にもまったくないとは言えなかった。岡村はやわらかくつづけた。

「あなたも話し相手が欲しいんじゃないでしょうか。なんだったら少しお相手してもいいですよ。どうせ眠れそうもありませんからね」

岡村は待った。相手はやはり無言だった。そして突然にむこうからかちりと電話が切れた。あとにはブーンという機械音だけが残った。

随想など

小説の中の事実

両者の微妙な関係について

小説を書いていると、歴史的な事実に材をとるにしろ、虚構の物語をつくるにしろ、事実とのつき合いを避けるわけにはいかないけれども、そのつき合い方は多種多様で、事実というものはじつに微妙なものだと嘆息することが多い。

調べて調べて相当の事実は出ているのに、本当の事実はまだほかにありそうだ、などという不気味な感じをうけることがある。そういうときに私は事実のこわさに直面しているのである。

しかしまたそういうこわい話ばかりでなく、長年気がかりだったことが、ある日ポッと手に入った事実によってみるみる解消し、うれしくて手を叩くようなこともある。仕事をつづける以上は事実とのこういうつき合いがつづくわけだが、以下に小説を書いている間に顔を合わせたいくつかの事実について記してみよう。

＊

私の小説「白き瓶」は、歌人の長塚節を書いたものである。この小説の中で私は、節が上総神崎《こうざき》に住む親友寺田憲の家から、茨城の国生村《こつしよう》の自宅に帰るとき、湖北《こほく》駅で汽車を降り大堀の渡しで利根川をわたり、さらに水海道《みつかいどう》から国生までは歩いて帰ったので、汽車賃十二銭、馬車賃十二銭、計二十四銭を倹約出来たということを書いた。

節は豪農の跡取り息子だったが倹約家で、旅に出ても大ていは徒歩旅行にして草鞋《わらじ》銭を節約し、宿に泊るときは必ず宿賃を値切った。寺田の家から帰るときの話には、節のこうした倹約家の一面がよく出ているので書いたのである。記述は帰宅してから節が寺田に出した手紙に拠った。

ところが本が出ると間もなく、歌人の清水房雄氏から「大堀の渡し」は「小堀《おおほり》の渡し」の誤りではないかというハガキを頂戴した。おどろいて大日本地名辞書をひいてみたが、千葉県の湖北附近にはその地名は見あたらず、茨城側の地名に小堀が出ているものの、読みはヲボリで取手の東にある井野村の河岸をそう呼ぶとあるだけで、はっきりしなかった。地図を見ても井野村は利根川からかなり北にはなれた場所である。

結局資料的な確認は出来なかったが、清水さんは高名な歌人であると同時に長塚節の研究者でもあり、その上お若いころに「小堀《おおほり》の渡し」に近い湖北にも我孫子にも住んだことがある方である。私はこのご教示をありがたく頂いて、文庫化したときに「小堀《おおほり》の渡し」と訂正した。

ところで私がなぜ、小説の中で「大堀の渡し」と書いたかというと、節が帰宅してから出した寺田宛の手紙にそう書いてあるのでそのまま引用したのである。手紙のようにかなり信用度の高い資料もウ呑みには信頼出来ないという一例だろう。節自身のこの間違いは、多分地元の人が「おおほりの渡し」と呼ぶのを聞いていて、そのまま文字をあてたので大堀となったのだろうというのが清水氏の推測だった。いまもまちがえて「大堀」と書く人がいるそうである。

この話はこれで一段落するのだが、後日談がある。最近清水さんから長塚節関連の文章を数篇いただいた（各誌に発表したエッセイ）。その中に「小堀の渡し」に触れた一篇があったが、その場所が湖北の地続きなのは当然として、なんと行政区画上は利根川をはさむ対岸の取手に属しているのだという。そうなると、今度は地名辞書にあった小堀が無視できなくなる。

私は今度は押入れの奥から古い五万分の一地図をひっぱり出した。清水さんがおっしゃるとおりであった。現在の利根川とむかしの利根川の残影である古利根（川）にはさまれて、小堀があった。そして多分これが、地名辞書にある小堀なのだろう。はじめからこの地図を見ていたら、清水さんから最初のハガキを頂いたときにこういうことがすぐに納得出来たはずだったのである。

＊

「白き瓶」は、ほかにもいろいろと問題となる個所がある小説だが、伊藤左千夫が長塚節をたずねたのは明治四十四年十二月二十三日か、それとも二十四日かということも、いまだに私の胸中で解決がついていない事柄である。

明治四十四年十二月二十三日に、歌人の伊藤左千夫は東京・中根岸にある根岸養生院に入院している節を見舞った。鶫《つぐみ》の麹漬《こうじづ》けを持って行った。そのことは節の「病牀日記」に明記してある。ところが私はこの記述を無視して、左千夫は十二月二十四日に節を見舞い、その日行なわれた歌会で若い門弟斎藤茂吉らと論争したことを節に愚痴ったと書いた。もちろんでたらめにそうしたわけではなく、二十四日と書いたのは相当の根拠があってのことである。

左千夫は十二月二十六日付けの寺田憲にあてた手紙の末尾に、一昨日節を見舞ったと書いた。一昨日といえば十二月二十四日にあたる。また左千夫年譜（岩波・左千夫全集）は十二月二十四日、日曜日に行なわれた東京歌会で、左千夫が茂吉ら若手の歌人とはげしく論争したことを記し、ここにも、この日長塚節を見舞うと述べている。

しかし節の病牀日記二十四日には、左千夫がきたという記載はないので、結局は二十三日をとるか二十四日をとるかということになるのだろうと私は考えた。そして節の日記には目をつむって二十四日説に依拠した書き方をしたわけだが、これも漠然とそうしたのではなく、その日行なわれた東京歌会での論争を重視した結果、二十四日説に傾いたというようなものだった。

節が根岸養生院に入院したのは十二月五日で、左千夫はその節を十日に見舞い、十九日に見舞い、十日のときなどは斎藤茂吉、中村憲吉を連れてきて、そのあと画家の中村不折に会うと言って帰ったのに、中村家からの帰りに今度は単独で病院をおとずれ、夜まで腰を据えて病人と話しこんだ。要するに左千夫はしじゅう病院にきていたのである。

その左千夫がはたして、青山北町の平福百穂宅で行なわれた二十四日の東京歌会で、茂吉とはげしく論争したあと、憤懣《ふんまん》と弟子に言いたいほうだいに言われた情ない気分を胸にかかえたまま、一人すごすごと本所茅場町の家に帰ったろうか。興奮して節をおとずれ、若い弟子たちのことを非難しはしなかったろうか。こういう話を打ち明けて、理解となぐさめを得られそうな相手は、左千夫にとっては節以外にいないのである。

私は右の推測がいささか小説的になったのを承知しながら、またそんなに大きく妥当性を欠いているとも思わなかった。もちろん節は二十四日の左千夫訪問を日記には記していない。しかし几帳面な節にもたまには手抜かりがある。たとえばさきに記した十日の、二度目の左千夫訪問は日記に記載していない。

二十四日説をとったのは大体そんな理由からだが、私は落ちつかなかった。節の病牀日記の記載を無視してしまったからである。心の中で、スコシムリジャナイノカという声がするのである。

節は几帳面な人である。二十三日の項に左千夫がきたと書いてあれば、それは字面のとおり左千夫が二十三日にたずねたことを指しているだろう。これは動かしがたい事実のようにみえる。そして節は左千夫が二十四日にもきたとは書いていない。

しかしべつの資料によれば、左千夫は二十四日に節をたずねた。これもまた、さきに記述したように動かしがたいところがあるように思える。では左千夫は二十三日と二十四日と二日つづけて節をたずねたという見方はどうだろうか。私が最後にたどりついた考えはそういうものだった。二十三日に、左千夫は鶫の麹漬けを持って節を見舞った。

翌二十四日は節のところに行く予定はなかったかも知れないが、歌会での論争ということがあって、愚痴をこぼしに寄ったとしたらどうだろうか。節はこの日の左千夫の訪問を日記に書かなかったが、なぜ書かなかったかという説明なら出来ると私は思った。

十二月二十四日は、節にとってどういう日だったかというと、もとの婚約者黒田てる子が留守中におとずれ、節に見舞いの寝巻と置き手紙を残して行った日である。病院に帰ってきてそのことを知った節は、留守にしていたことを強く後悔しながらてる子あてに長文の手紙を書き、「夜もすがら思は掻乱れて」一夜を過ごした。たとえ左千夫が来たとしても、そのことを思い出して日記に記すゆとりはなかったであろう。

つけ加えれば寺田憲あての前記左千夫の手紙には、節を四回たずねたと書いてある。問題の二十四日をいれた四回だったとは考えられないだろうか。

このように私は、シャーロック・ホームズそこのけにあれこれと下手な推理をふり回して、いまは一応そういう結論に達しているのだが、じゃこれで自信があるかといえばとんでもないことで、自信などは少しもない。事実はもっと単純な形でべつに存在し、ただそれが見つからないだけだという気持がますます強くなるので、とても探偵気取りの推理結果に満足するわけにはいかないのである。

その上清水房雄氏が、左千夫はあんまりあてにならないからね、などとおっしゃるものだからよけいに不安になる。「白き瓶」を書いたことで私も左千夫の大ざっぱな性格はよくわかっているので、寺田憲あての手紙の日付けは大丈夫なのか、などと疑いはじめると、十二月二十四日説はたちまちぐらつきはじめるのである。そういう次第で、疑問は多少ありながら問題の個所にはいまだに手をつけず、そのままにしているのである。

*

締切りを目前にして小説を書いているときに、急にある事柄を調べる必要にせまられることがある。しかしあいにく手もとにそれをたしかめる資料はなく、よそで調べてくる時間もない。ただその事柄について書いている某作家の小説ならある。そういう場合は、当然ながらのどから手が出るほどその小説に出ている事柄を参考にしたい気持になるところだが、私はがまんして、それだけはやらないようにしている。何とかべつの方法でたしかめようとする。

ほかの作家が書いている事柄を参考にしない理由は、エチケットその他いろいろあるわけだが、その一番の理由は、資料として信用出来るのかどうか、確信がもてないというところにあるだろう。つまり敬遠するわけである。失礼な話のようだが、作家が扱っている事実には、どこにどんな仕掛けがしてあるかわからないから、と思うのは、私自身時に平気でそういう文章を書くからである。

河内山宗俊と片岡直次郎の身分は、松林伯円の講談や黙阿弥の芝居では河内山が御数寄屋坊主、直次郎が幕府御家人（講談では御鳥見勤め、芝居は大番同心）ということになっているが、近年はいろいろな資料から河内山は奥坊主、直次郎は旗本の渡り用人の次男というのが定説になっているようだ。

そこで私は、「天保悪党伝」といういわゆる天保六花撰のワルたちを主人公にした小説を書いたとき、河内山をきちんと奥坊主と書いた。同じく江戸城内につとめる御坊主衆でも、御数寄屋坊主と奥坊主は所属も勤めの内容もまったく違うからである。しかし直次郎の御家人という身分はそのままにして訂正しなかった。私の小説では直次郎は御鳥見勤めの役人ということになっている。

なぜそうしたかという理由は、小説家の恣意的な仕事ぶりを白状するようで言いにくいのだが、ひと口に言えば私は直次郎には身を持ち崩した男の愁いのようなものがあると思っているので、その感じを大事にしたかったのである。身を持ち崩すには惜しい身分があってこそ、男の愁いも生きるだろう。渡り用人の次男にしてしまうと、その微妙な感じが消えてしまうように思えたのだ。

しかしひとつつけ加えると、小説をふくむ文芸一般においては、すでに解明されている事実についてのこの程度の裁量は、許容範囲内におさまるものだろうと私は思っている。文芸は学術的な論考とは違うので、正しい事実がわかったから正しく書かなければならない義理などというものはない。むしろ事実をねじ曲げたり、ふくらましたり、変形させたりすることで、新しい魅力を生み出そうとするものだと考えたい。黙阿弥は片岡直次郎を事実とは違う大番同心にしているが、それで名作「天衣紛上野初花《くもにまごううえののはつはな》」の値打ちが減るわけではない。

もっともこういうことを書くと、小説家はいつもデタラメを書いているように思われかねないが、この稿の直次郎の場合は例外で、時代小説作家である私はふだんは神経質なほどに考証に気をつかっているので、書かれている事実はかなりのところまで信用してもらっていいのである。それについて最近おもしろいことがあった。

*

私はこの春に刊行が終った全集の解説を、全巻にわたって評論家の向井敏さんに書いてもらったのだが、そのあとで向井さんにお会いしたとき、私の小説「蟬しぐれ」に出てくる空鈍流を架空の流派と思っておられるようなので、「いえ、あれは実在した流派です」と申し上げたら向井さんはちょっと意外に思われたようだった。

ついこの間も、某誌のインタビューでみえた評論家の藤田昌司氏が似たような質問をされた。私は、書いている流派はほとんどが実在のものですと言うと、「何か虎の巻のようなものがあるんですか」とおっしゃる。私はそうですと答えたのだが、じつは虎の巻と改まるほどのことではなく、剣の流派やその始祖、相伝については綿谷雪・山田忠史編「武芸流派辞典」にはじまって、ごく一般的な資料がたくさんあるので、それらを参考にしているだけのことである。

これらの参考資料で、流派のおおよその傾向などもある程度知れるので、たとえば「蟬しぐれ」に出てくる空鈍流の稽古が、もっぱら八双の構えからの相撃の速さを競うのだというのは、空鈍流の始祖を無住心剣流の二祖小田切一雲（出家して空鈍）とする説にのっかって書いているので、その限りでは信用してもらっていいのである。

と奥歯にモノがはさまったような言い方をするのは、空鈍流の始祖を片桐空鈍とする説（撃剣叢談その他）があり、この人と小田切一雲（空鈍）が同一人なのか別人なのかの結論は出ていないらしいからである。

ただそのへんまではおおよそのところがわかるとしても、その先の秘伝といった境地は、口伝とか一子相伝とかの秘密性を帯びてくるので、わからないことが多い。しかしこれもまったくわからないというのではなく、調べようとすればある流派はいまも伝わっているし、文献だけでもかなりのところまで知ることが出来る。ついでに記すと、私の短篇小説「暗殺剣虎ノ眼」に出てくる闇夜に目が見える剣というのはいかにもつくりものみたいだが、これは今枝流（始祖今枝佐仲）で東雲の伝と呼ぶ秘伝だそうである。ただしくわしい中身はわからなかった。ほかにも同じような秘伝があったように思うが、いまは思い出せない。

以上のような事柄は、われわれ時代小説を書いている者にとっては大体常識に類したことであるけれども、誤解を避けるために言えば、時代小説を書くときは必ずこうして仕入れた知識にもとづかなければならないなどと言っているわけではまったくない。小説は想像力の産物である。綿谷雪の綿密な考証からなお洩れた流派があり、剣があったかも知れないと思うのは想像力の特権である。このあたりの認識から出発して、作者が自分でこしらえた剣の流派、その流祖、剣の特色、秘伝などを駆使して一篇の小説を創作することは、今度は作者の権利である。それを怪《け》しからんなどとは誰も言わないだろう。この作業にはかなりのエネルギーを必要とするだろうが、出来ないことではない。

創作とは、元来このように虚を取りあつめてついに実をつくり上げるようないとなみを指すものだろうと、私は理解している。だからさきにお名前を上げた向井氏、藤田氏が、流派が実在すると聞いて意外そうにされたのももっともなことなのである。ただそうして出来上がった一篇の虚構の物語が、ちゃんとした小説になっているかどうかが、つぎの問題となる。つくり話はちょっとした才能があれば誰にでも書けるだろうけれども、つくり話と見すかされるようなものでは小説とは言えない。また、誰も読んではくれないだろう。そこに実としか思えぬ迫真の世界が展開されていて、はじめて読者は小説の中にひきこまれるのである。

私が丹念に資料をしらべて、出来るかぎりの事実をとりあつめて剣客小説の細部をかためるのも、そうすることで多少なりとも小説にリアリティを付与したいねがいがあるからにほかならない。ずいぶん前のことで、記憶もたしかではないが、以前井上ひさしさんが作者はひとつの嘘を信じてもらうために九十九の事実をならべる、という意味のことを言われたことがある。

この嘘が虚構の真実というものであり、小説には事実よりも重視しなければならないものがある、と井上さんは言っておられるのである。言い方は少し違うけれども、私が述べてきたこともこれと同じことを言っているのである。

*

昭和五十一年というとだいぶ古い話になるけれども、そのころ私は「幻にあらず」という百十枚ほどの小説を書いて、別冊小説新潮に発表した。小説は上杉鷹山を書いたものだが、なにしろ締切りのあるいそがしい仕事だったので、手持ちの資料だけで大いそぎで書き上げたように思う。

その小説の冒頭に、米沢藩世子直丸（のちの鷹山）の素読師範藁科松伯《わらしなしょうはく》が江戸家老の竹俣当綱《たけのまたまさつな》と対話しているところが出てくる。松伯は藩主重定の御側医を兼ね、というよりもともとこちらの方が本業だが、国元では医の勤めのかたわら菁莪館《せいがかん》と名づける私塾をひらいて、家中の子弟を教える学者でもあった。竹俣当綱はこの人の門人である。

この二人の対話があったとき、竹俣は三十四歳である。しかし松伯の年齢はわからなかった。わからなくとも、お師匠さんなのだから当綱よりは相当の齢上だろう。はっきり言っておじいさんではないかと思いながら、私はこの場面を書いた。冒頭の対話は、だから年齢は書いていないけれども齢の行った師匠と弟子というこころもちで書かれている。

それはそれとして、「幻にあらず」は書くべき後半部分を書かずに投げ出してしまった未完成の小説である。そのことがずっと気になっていたので、今度想を改めて同じテーマの小説を再度取り上げることにしたのが、いま書いている「漆の実のみのる国」である。

ところが「幻にあらず」から十数年たったその間に、いろいろと新しい事実が出てきて小説も書きやすくなったのだが、その中にはびっくりするようなこともふくまれていた。たとえば藁科松伯は老人どころか、門弟の竹俣当綱より七歳も齢下の青年だったのである。松伯は若くして家塾を構え、そこには当然ながら、のちに藩校興譲館の督学となる神保綱忠ら年少の門人たちが通っていたが、一方竹俣当綱、莅戸《のぞき》善政《よしまさ》、木村高広といった、のちに中核となって米沢藩の改革をになうことになる師匠より年長の門人たちもいたことになる。

歴史小説といえども想像力を抜きにしては、小説は書けない。そして歴史小説における事実の重さは、時代小説の比ではない。想像力はこれらの事実をもとにして動き出すからである。米沢藩江戸藩邸の一室における家老ともとの師匠との対話は、お師匠さんが老人である場合と二十七歳の青年である場合とでは根本的に違うというように、想像力は働かなければならないだろう。若いときには若いときの考え方や決断といったものがあるだろうからである。

＊

「春秋山伏記」という昭和五十二年に書いた私の小説は、一人の若い里山伏《さとやまぶし》を狂言回しにした連作小説で、最後の一篇は「人攫《ひとさら》い」である。祭りの夜、村の子供が仕事にきていた箕《み》つくりにさらわれる。村人が寄合いをひらいた結果、里山伏の大鷲坊《たいしゅうぼう》が箕つくりを追跡して山に入り子供を取り返してくる役目を引きうけることになるという話にした。

この小説を書き上げたとき、私には不安がひとつあった。箕つくりとは何者かという問題である。私はこの小説の中で、夫婦者の箕つくりを無口で礼儀正しく、黒い布で頰かむりをしてというふうに描写した。この描写は私が子供のころに、仕事をしていた箕つくりを見た記憶にもとづいている。自信がなくてはぶいたけれども、古いその記憶によれば、その人たちは紺の股引《ももひ》き、短か着でかっちりと身支度していたと思う。

彼らは、遠い山の方からきて注文をとると、農家の庭に借りたむしろを敷き、その上で箕をつくったり修繕したりした。箕はいまでは農家から姿を消してしまったが、私が子供のころには米や豆などの穀類を脱穀するとき、実と籾や殻を選別するために使われていた必需品だった。箕のない家はなかったから、村に来れば箕つくりは一日仕事になっただろうと思う。しかし晴れた秋の日の庭先で、箕つくりが無言で、あるいはひかえ目な笑顔をみせて仕事をしているのを見たというのは、ありありと目に残ってはいるものの、そうして小説に書いてしまうと、はたして実際に見たのか、確かでない思いもしたのである。

それはともかく、その箕つくりたちは村内の人でも近在の人でもなく、どこか知らない遠い山奥の村からきた。それはたしかだった。なぜそう言えるかと言うと、風俗、ことに彼らが身にまとっていたどことなく秘密めいた雰囲気、村人とのまじわりを拒否するような感じのものは、通常私たちのまわりでは見かけることのないものだったからである。

たとえば、ただ山奥の村というだけなら、私たちの村のはるか南、大鳥川をさかのぼって磐梯朝日山系の山山に入りこんで行くあたりにいくつかの山村がある。武士が隠れ住んで村をひらいたなどと言われる場所だが、しかしここの村人は風俗も言語も平地の村と少し違うところがあるものの、ごく普通に平地の村村と交流し、記憶のなかの箕つくりたちのような秘密めいた雰囲気は持たない。むしろ平地の村人よりも明朗なところがあるような印象を私はむかしから持っていた。では箕つくりたちはどこから来たか。

そういうふうに考えてくると、当然ながら柳田国男が「山の人生」で記述し、三角寛が小説の中で書いたサンカの人人のことを考えないわけにはいかない。

柳田国男は「山の人生」の中で「秋もやや末になって里の人たちが朝起きて山の方を見ると、この岩屋から細々と煙が揚がっている。（中略）子を負うた女がささらや竹籠を売りにくる。箕などの損じたのを引き受けて、山の岩屋に持って帰って修繕してくる」と記述し、彼らの特色をいくつか挙げているが、その中に、衣服は寒くなると小さな獣の皮に木の葉などを綴って着た、定まった場所に家がない、などと書いている。

三角寛の山窩小説は子供のころに読んだだけで、記憶に残るのはセブリとかウメガイといった言葉だけで、小説の内容は忘れている。ただ彼らが一所不住の漂泊の民であることは強く印象に残った。

しかし村にくる箕つくりは箕の損じたものを修繕したけれども、柳田が言うサンカではなかった。彼らはむしろ村の人人よりも身ぎれいなほどに、かっちりと作業衣を着こなしていた。そういう人たちがセブリや岩屋に住んでいるとは考えにくい。彼らは漂泊の民ではなく、家があり村があるはずだと私は思った。ではその村はどこにあるのだろうか。

私は小説の中で、大鳥川を山形県、新潟県の県境近くまでさかのぼったところにある大鳥池、その湖水からさらに東に山奥に踏み込んだところ、方角でいうと月山、湯殿山のはるか南東にあたる山中に、人に知られていない箕つくりの村があるという設定にした。大鳥川沿岸の村村でもないとすれば、そのもっと奥だろうという意味である。それは仕方ないとして、しかし私の頭の中には、柳田や三角寛の文章の影響もあってか、箕つくりの仕事と定住する村は両立しないのではないかという根強い疑問があり、このところは「春秋山伏記」の中で一番気がかりな部分として私の気持に残ったのである。いい加減なことを書いたと、いやになることもあった。

ところが平成六年三月。その月発行の講談社の「本」をめくっていた私は、赤坂憲雄氏の連載「忘れられた東北」の中に、箕つくりの村次年子《じねんご》のことが出ているのを見た。その村は近世のある時期から箕つくりを一村の仕事にしてきた村だという。うれしくて私は手を叩いた。つぎに赤坂氏に感謝した。

次年子村は最上川舟運の一大拠点だった北村山郡の大石田町に属し、場所は私の郷里からみると月山の裏側、大石田北西の丘陵地帯にある。小説に想定した村からみるとずっと北にあり、また山村といっても山深い奥地というわけではない。小説とはだいぶ趣きが違ってくるけれども、それは格別問題ではなかった。江戸時代から箕つくりを仕事にしている人人が定住する村の例が、月山、湯殿山あたりを中心とする山塊のどこか片隅にでもあれば、私の小説はあり得ない空想の話からあり得る話に質的に変化するのである。

さらに、次年子村には「箕の定め」という村の議定書（慶応三年）が残されている、と赤坂さんは記述していた。他村の婿養子などになって村をはなれた者は箕をつくってはならないという定めで、箕つくりの技術をよその村に洩らすことをきびしく禁止したのである。もしこの禁忌を犯した者があるときは、村に残る家族は村八分をうけ、箕の製造を禁じられたという。箕つくりの村は、そういうやり方で一村が生計を立ててきた特殊な技術を深く世間から秘匿したのである。

これだこれだと私は思った。私の記憶にのこる彼らの印象的な無口、村の人との交流を避けるようだった秘密めいた挙措の源泉は、多分これだったろうと私は思った。彼らの心の中には、うっかり村人と親しくなって箕つくりの技術のことを聞かれたりすることを避ける気持があったのではなかろうか。

さて私のこの稿はこれで終っていいのだが、記しておきたい余談がある。次年子村は私の郷里鶴岡市大字高坂からみると、間に月山、羽黒山をはさんでほぼ東方向にある。そこから山を越えるにしろ、最上川を迂回して庄内平野に出てくるにしろ、私の村に箕を売りにきたり、繕いにきたりすることは到底不可能だろう。では、私が記憶している箕つくりの人たちはどこからきたのだろう。

その答えも赤坂氏の文章の中にちゃんと出ていた。氏は次年子村をたずねる前に、長井政太郎著「箕つくりの村次年子と梲代《たらのきだい》」を読んだという。長井政太郎先生は私が山形師範で地理の講義を聞いた恩師である。そして次年子とならんで名前を挙げられている梲代は、私が子供のころから朝夕眺めた月山山麓、地理的に言うと農民能で名高い櫛引町黒川から、東に一直線に月山に入ったあたりの山地にある村である。

ここがむかしからあった庄内地方の箕つくりの村で、櫛引町史には近村に養子に行った仁助という男が、掟を破って養家で箕をつくったため、村に出させられた詫状《わびじょう》が収録されているという。次年子と同様の禁忌があったのだ。梲代は私が生まれた村から東南方向にある村で、遠い村ではあるが未明に起きて私の村に来、一日中仕事をして日暮れに帰途につくことは可能だったろう。おそらく箕つくりの人人はこの村からきたのであり、庭隅にむしろを敷いて箕をつくっていた記憶はまぼろしではなく、やはり事実だったのである。

それにしても長井先生といい、梲代といい、鍵は私の身辺にあったのに、長い間箕つくりの村を謎のように思っていたのは、私がこの種の学問に興味を持ったことがなく、無知だったせいというほかはない。

遠くて近い人

司馬さんにお会いしたのは、ただ一度だけである。昭和四十八年の上半期に直木賞を受賞し、記者会見のあとで「オール讀物」の池田編集長に連れられて銀座のバーに行った。たしか葡萄屋だったと思う。

そこに司馬さんがいた。司馬さんは二、三人で飲んでいて、挨拶する私に気さくに声をかけてくれた。司馬さんはその夜行なわれた直木賞選考会の選考委員の一人でもあった。お目にかかったのはあとにも先にもそのときだけで、その後会合で一緒になるとか、あるいは対談で何かをしゃべるという機会もなかったので、私にとってはその一夜が貴重な思い出になっている。

お会いしたのがただ一度ということ自体は、歴史・時代小説を書く同業として格別めずらしいことでもないと思うが、私は司馬さんの作品のよき読者でもなかった。なにしろ最後まで読み切った作品といえば「項羽と劉邦」、「ひとびとの跫音」、「関ヶ原」の三作、ほかに新聞連載の「花神」を不完全ながら読んだぐらいである。世評高い「竜馬がゆく」、「坂の上の雲」も「翔ぶが如く」も読んではいない。

これらの作品に興味を惹《ひ》かれなかったわけではないのに、結果的にそうなっていることについては、多少思いあたることがある。井上ひさしさんは遅筆堂の看板をかかげ、筆の遅いことを天下に公表しておられる。ほんとにそうかなという一抹の疑問があるものの、その井上ひさしさんに倣《なら》っていえば、私は遅読人間である。走り読みということがまったく出来ない。一行一行を納得しないと前にすすめないという厄介な癖がある。小説家をやめても、雇ってくれるところがあれば校正の仕事で喰って行けるのではないかと思うほどだ。

司馬さんの本を沢山読めなかったひとつのというよりも、最大の理由はその私の遅読癖にある、と思う。また私には遅読のくせに読みはじめると熱中する癖もあり、その間ほかの仕事は手につかなくなる。以上のようなことが原因で、司馬作品をたくさん読んでいないのは単に司馬さんの作品が概して言えば長いからということに尽きるだろう。

私は池波正太郎さんの小説は比較的沢山読んだ。「鬼平犯科帳」と「梅安」ものもほとんど読んだが、それは池波さんの作品が一話読切り形式だったからだろうと思う。

そんなわけで、司馬さんは、私にとってはひと口に言って遠い距離にいる人だった。もちろん、遠い距離にいるという感触と、その文業に対する尊敬の念といったものは、何の支障もなく両立する。その例として、私は「ひとびとの跫音」を挙げたい。

はじめてこの作品を読みおわったあとの印象はひと口に言えば衝撃的だったというしかない。正岡子規という恒星があって、そのまわりに、妹の律、養子の忠三郎、忠三郎の友人である西沢隆二、忠三郎の実父加藤拓川といった人人が惑星のようにめぐっている。そして最後に子規全集というものが出てきて、その完成とともにこの小説は終る。

構図から言えばそういうことになるだろうが、衝撃的な印象というのはもちろん、そうした構図のことではない。さきに小説と書いたが、「ひとびとの跫音」には、いったいこの作品は小説なのだろうか、それとも長文のエッセイのようなものだろうかと考えこませるところがあった。そしてこの作品は、そういう形でしか書き得ないものであることもまた歴然としていた。

強烈な印象ということの第二は、書かれている人人が、概《おおむ》ね普通の人であるのに、その存在が一人一人際立っていて、読後に忘れがたい印象を残すということにもあった。

非凡人なのか凡人なのか判然としないような正岡忠三郎、元共産党幹部でありかつ、ぬやま・ひろしという名前の詩人でもある西沢隆二にしても、言ってしまえばふつうの人であろう。正岡律にしても、この人から子規の妹という境遇を剝《は》ぎ取ってしまえば、ごく平凡な気の強いおばさんにすぎない。この作品が衝撃をあたえるのは、そのいわばふつうの人人が、司馬さんの丹念な考証といくばくかの想像、さらに加えて言えば人間好きの性向によって、一人一人が光って立ち上がって見えてくるところにあるだろう。

こういう作品を前にして、小説かエッセイかなどと考えこむのは愚かというもので、そういうことを超越したところでこの作品は成立し光沢を放っているとみるべきであろう。正岡忠三郎はいつもバカなのか利口なのかわからない謹直で品のいい微笑をたたえて百貨店の売場に立っている。そして西沢隆二は中国産の布製の鞋《くつ》をはいて、足早にひょうひょうと歩いていて、そのうしろ姿はあっという間に遠ざかるところである。これらの人人の重くて、たしかな存在感が、この作品を支えている。

私はいつかはいくばくかのひまを得て「坂の上の雲」、「翔ぶが如く」といった長篇を読みたいといまもねがっているのだが、たとえそれらが読めなくても、「ひとびとの跫音」一冊を読んだことで後悔しないで済むだろうと思うところがある。

小説はあまり読まなかったが、私は司馬さんの「この国のかたち」（「文藝春秋」巻頭随筆）や、「街道をゆく」シリーズ（「週刊朝日」）は人後に落ちない愛読者であったことも言っておかねばならない。その方法のすべてがこの「ひとびとの跫音」の中にあったと思う。その続きを読みたいと思う衝動が、いまもまだ不意に身体の中に動く。

司馬さんを遠い距離にいる人と書いたが、司馬さんはまた、私と紙一重の近さにいた人でもあった。子規全集の総指揮を執ったのは講談社の松井勲さんであるが、私が一時期都下北多摩郡東村山町にある篠田病院林間荘に入院していたとき、松井さんも一緒にそこに入院していた。司馬さんは大陸浪人風と書いているが、絣の着物に、絣の羽織を着て院内を歩いている彼の姿は好青年に思えた。

私がそのころ近代詩の会などでつき合っていたのは、同じ講談社の垣内智夫さんであり、松井さんとは直接話したという記憶はないが、それにもかかわらず松井さんはごく身近な人だった。その死を、私は「ひとびとの跫音」ではじめて知ったのである。彼もまた子規をめぐって、ひときわ強い光芒を放つ惑星のひとつになったのであろうか。

ただ一度のアーサー・ケネディ

一般的に言って、わき役には主役を喰ってしまうタイプと、主役を立てて自分は目立たないようにふるまうタイプの両方があるだろう。しかしまた主役を喰うといっても、主役を押しのけても自分を売りこもうとするタイプと、ふつうにあたえられた役を演じていても、その俳優の個性、演じた配役によって主役よりも強い印象を残してしまう場合といった違いはあるだろう。

私にとってアーサー・ケネディは、演じた役もさることながら、存在感というか、一度見たら忘れられない個性で、強い印象を残した俳優だった。

私がアーサー・ケネディをはじめて見たのは、『ララミーから来た男』という映画においてである。この映画で、彼は牧童頭を演じていた。私が見たアーサー・ケネディの映画はこれ一本だけで、その前かあとか、年代はいまはっきりしないが、彼はカーク・

ダグラス主演の『チャンピオン』に出て、好演したという。『チャンピオン』の評判は聞いたおぼえがあるが、私はこの映画を見ていないので、結局あとにも先にもアーサー・ケネディを見たのはただ一度切りということになる。

しかしそのただ一度見たアーサー・ケネディが、いかに強い印象を私に残したかは、今度何十年ぶりに『ララミーから来た男』のビデオを見て、はじめてこの映画の主演俳優がジェームス・スチュアートだったのを思い出したことでもわかる。

私はジェームス・スチュアートのことはすっかり忘れて、一方的にアーサー・ケネディが出る映画、あるいはテレビ映画のたぐいをぜひともまた見たいものだと思っていたが、そのねがいはいつも空振りに終った。テレビにケネディが出るというので喜んで待っていると、大男のジョージ・ケネディがぬっと出てくるという次第で、そのたびにがっかりした。なぜそんな簡単なことを間違えるかというと、なにしろ遠いむかしのことなので、ジョージもアーサーも区別がつかなくなっていたのである。

ところでそんなに肩入れしているアーサー・ケネディなら『ララミーから来た男』で彼が演じた役割の一部始終をみなおぼえているかというとそうでもなくて、強く印象に残っている場面はただ一ヵ所、献身的につかえてきた牧場主から、約束したことを御破算にするという意味の、冷酷な通告をうけて「それはないだろう、ボス」というような悲痛な抗議の声を上げる場面である。

記憶に残っているのはこのときのアーサー・ケネディの演技で、彼は長い間忠誠をささげてきた主人に裏切られた使用人の絶望と悲しみ、怒りといったものを表情ひとつで表現していた。私はこの二人を江戸のむかしの強欲な大店《おおだな》の主人と忠実な番頭に置き換えてみたりして、傲慢な牧場主を憎み、いくら有能でも結局は人に使われる身分でしかない牧童頭ヴィックに同情をよせたものだった。

しかし古い記憶があまりあてにならないことは、われわれがしばしば経験することだが、今度娘に買わせたビデオを見ると、記憶に残っているその場面も少し違っている。

バーブ牧場の牧童頭ヴィックは、牧場主のアレック・ワゴマンに、日ごろからひとり息子デイブの面倒をみるように頼まれている。デイブは乱暴者でその上仕事ぎらいの遊び人であり、目をはなすとすぐに問題を起こすような男である。デイブは今度もジェームス・スチュアートが演じるロックハート大尉の馬車隊を襲って、馬車を焼き、十二頭のロバを射殺した。

アレックはそういうデイブとバーブ牧場の将来が心配でならない。そこでしっかり者の牧童頭であるヴィックに、デイブを監視して、たとえば今度の事件のような厄介事を起こさないようにしろと言う。それが面倒をみるということの中身である。そのかわり、とアレックはヴィックに言っていた。デイブとおまえを兄弟のように扱おう、この牧場の資産は二人に分配して残す、と。

私の記憶に残っている場面は、アレックがロックハートを牧場に呼んで、賠償金六百ドルを支払ったあとの二人の対話である。

アレックは支払った六百ドルは給料から差し引くとヴィックに言う。しかしデイブが牧童を連れて馬車隊を襲ったとき、ヴィックはべつの場所で牧牛の世話をしていたのである。事件を知って駆けつけて暴行をとめた。そのことを言ってヴィックが抗議すると、アレックは今度そういうことがあったら平牧童に格下げするとか、クビだとか言う。

事件が原因で、町で出会ったロックハートとデイブが殴り合い、駆けつけたヴィックがデイブをかばってかわりに殴り合ったのを目の前で見たのに、アレックはそういうことを言うのだ。

記憶と違っているのはこのあとの展開で、ヴィックは当然約束を持ち出して主人をなじるのだが、この冷酷な牧場主は平然とおまえ名義のものは何ひとつない、おれの気が変ればそれっきりだという。雇い主の身勝手さが露骨に出る場面である。それを聞くとヴィックは、おれはここの人間だ、どこにも行かない。クビにするならしてみろとアレックに詰めよる。

つまり牧場主に裏切られて、悲痛な抗議をしていたという記憶は正確ではなく、ヴィックは強欲な主人と手ごわくわたり合っているのである。

町の雑貨店主である娘は、アレックの姪である。ヴィックは娘と婚約しているのだが、この娘はヴィックに伯父は財産を他人に分けあたえるような人間ではない、あなたは利用されているだけだからあきらめてよその土地に行こうと誘う。だがヴィックの答えは、そうはさせないというものだった。バーブ牧場とワゴマン一家のためには身を粉にして働いてきた、約束は守らせるということだったろう。この気迫がアレックとの対話に出ていた。

老獪《ろうかい》なアレックは、ヴィックの気迫を感じとると急に態度を軟化させて、おまえはなくてはならない人間だ、デイブを頼む、そうすれば約束は守るというような言葉をならべ立て、ヴィックも結局はこの言葉を受けいれる。

しかし了解したあとでヴィックは、アレックにむかって「おれは人にこづかれるのは大きらいだ」、「これからはこづくのはやめてくれ」と言い残して去る。このせりふにはヴィックのプライドが顔をのぞかせている。だがまた、万能の権力者である主人の前には結局無力である使用人の悲哀が出ているとすれば、やはりこの場面だろう。

さて、今度ひさしぶりに『ララミーから来た男』を見て、気になったことがあった。

牧童頭ヴィックが一方的に悪人にされていることである。はるばるとララミーから弟の復讐を遂げにきたロックハートも、斥候隊事件の元凶はヴィックだというようなことを言うし、牧場主アレックは遠くからきて息子を殺し、財産を乗取る不吉な夢の男はヴィックだったという。

だがインディアンに襲撃されて騎兵隊の斥候が全滅したのは、インディアンに銃を売ったデイブのせいではないのか。銃の密売にはヴィックも一枚嚙んでいるけれども、全部ヴィックのせいにするのは無理というものである。たとえばアレックは、ヴィックは息子を利用して銃を密売したというけれども、そもそも密売がヴィックが主導権をにぎってやった仕事とは思えない。『ララミーから来た男』全体の構成から推して、ヴィックは遊び人デイブのうまい話に多少は引きずられたかも知れないが、主眼は例によって例のごとくデイブの悪事をかばうために一枚嚙んだとみるのが正しいように思う。かりにヴィックがこの話を突っぱねたら、デイブ一人ですすめる銃密売は収拾のつかない大事件に発展する可能性があったろう。

また、ヴィックはデイブを射殺した。だがこれは逆上したデイブが、インディアンに二百挺の連発銃をわたして、ロックハートがいるハーフムーン牧場を襲わせようとしたからだ。最後の場面で、ヴィックは自身で銃をわたすためにインディアンに合図を送る。

ここにはヴィックが悪人である証拠が露出しているようにみえるけれども、はたしてそうだろうか。

ヴィックは主人アレックを崖から突きおとしてしまった。しかもアレックは意識不明だが生きている。回復の見込みもある。さすがのヴィックも混乱の極に達したろう。インディアンに合図を送ったのは、牧場に自分の居場所がなくなったことを悟って、どさくさまぎれに逃亡をはかるための手段だったようにも受け取れる。こういうことを一顧もせずに、一方的にヴィックを悪者に仕立てるのは納得がいかない。

こんなふうにあの手この手で弁護してしまうのは、いうまでもなくヴィックが本質的に好漢だからである。

バーブ牧場の主であるワゴマン一家は、ひと口に言えばクレージィである。世間の非難の目など屁とも思わず、金と力で広大な土地と人人を支配し、我欲を押し通す。その中でヴィックはただ一人常識をそなえ、フェアな行動をとることが出来る男で、時にはワゴマン親子の行き過ぎを牽制《けんせい》する。大勢の牧童を指揮して仕事にはげみ、デイブをかばってロックハートと殴り合いもした。ヴィックは男の中の男である。

このワゴマン側でただ一人まともと思える男が、一方的に悪人扱いされるのは受け入れがたいという気持がどうしても残るのだ。もっとも私は字幕スーパーを読むしかないので、その限りの感想である。実際の会話はどうなっているのか、本当のところはわからないと言っておく方が無難かも知れない。

さて、それはひとまずおいて、『ララミーから来た男』のアーサー・ケネディはまさに主役を喰ってしまう俳優だった。鋭い風貌、ひきしまった体軀、めりはりの利《き》いた演技は生粋の西部男になり切っていて、うすらぼけたジェームス・スチュアートの演技をかすんだものにしている。アーサー・ケネディが私の記憶に忘れがたく残った理由だが、しかしわき役がこれでは本当は困るのではなかろうか。

対照的に思い出されるもう一人の俳優の演技がある。『ライムライト』で、チャップリンの相棒役をつとめるバスター・キートンの演技のことである。寄席芸人カルベロ（チャップリン）と相棒が演じる最後の寄席芸は、チャップリンは『独裁者』などの思想性のある作品もりっぱに演じることが出来る俳優だが、彼の喜劇俳優としての本質は、じつはこのような寄席芸においてもっとも真価を発揮出来る性質のものなのではないかと思えるほど、抱腹絶倒の演技の中に凄みを感じさせるものになっていた。

で、この場面でチャップリンのバイオリンにあわせてピアノを弾くのがバスター・キートンである。キートンのような大物をわき役扱いするのは正確ではなく、正しくは共演者と呼ぶべきなのだろうが、独断的に言ってしまうと、この場面でのキートンはチャップリンを引き立てるわき役に徹していたと思う。

さてとピアノの前に坐って構えようとすると、ピアノの楽譜がぞろぞろとくずれ落ちる。あわてふためいて譜面をかきあつめるキートン。そしてやおら姿勢を正して弾こうとすると、またしても楽譜がなだれ落ちる。際限のないこの繰り返しは、キートンが自分を売りこんでいるようにも見えるが、基本的なところではそうではなく、ドジな相棒を演じることで、バイオリンを構えたり、引き攣《つ》る足を直したりして待つチャップリンの引き立て役を演じていたと思う。

もちろんこの映画の主役がチャップリンであることは、寄席の客も映画を見る人も知っているのだから、キートンがチャップリンを喰おうとしても無駄だという言い方もあるだろう。事実そのあとの、ピアノを修理したりするドタバタでも、バスター・キートンは終始チャップリンの引き立て役に回っていた。

しかしこのあと、いよいよ用意がととのって演奏がはじまったとき、バスター・キートンは突如としてチャップリンを圧倒しかねない手ごわい共演者の姿をむき出しにする。一瞬だがチャップリンを喰ってしまう場面さえある。そういう次第でキートンは、前段階で主役を喰うわき役を演じる必要などさらないのである。わき役だけでなく、共演者もまた主役を喰う存在だということだろう。

話が横道にそれたが、『ララミーから来た男』一本でアーサー・ケネディを論じるなどは土台無理なことなので、私は印象だけを記したのだが、それにしてもその後、この人の映画を見ることが出来なかったのは、かえすがえすも残念なことだった。しかしまた私の気持のどこかにこれでよかったような気がするところがあって、これがまた奇妙である。ひょっとしたらアーサー・ケネディがまだ心に残って消えないのは、彼の映画をたった一本しか見ていないせいかも知れないのである。

碑が建つ話

去年文庫本で出版した私の随筆集『ふるさとへ廻る六部は』の中に、「郷里の昨今」という一篇がある。中身は山形の歌人結城哀草果の歌碑のまわりが、いまごみ捨て場になっていることについて論じている二篇の匿名コラムからうけた感想を記したものである。

まず前者はそういう現状を慨嘆し、歌碑を建立した人たちは、その時のおもいを碑をたずねる人に伝える責任があると書いていた。しかし程なくして書かれた後者のコラムは、前者の意見に概ね同意しながらも、県内ではいまや文学碑が八百を超え、文学碑公害の一歩手前にある状況を指摘した上で、文学者にとっては作品がすべてであり、文学碑は第二義的なものである。ごみの山に覆われようと何ほどのことでもないと論じていた。

この二篇のコラムから得た私の感想はつぎのようなものだった。県内に文学碑八百というのはとても正気の沙汰とは思えず、また私は文学者などという気取った者ではなくてただの小説家だからその心配はあるまいとは思うものの、まかり間違っておまえの文学碑をつくるぞなどと言われたら、嫌悪感で身ぶるいするだろう。後者のコラム〈由〉氏の言うとおり、物を書く人間にとっては書いたものがすべてで、余計なものはいらない。八百何基目かの文学碑の主になるのはまっぴらごめんこうむりたいものだ、というのが率直な感想だった。

しかしまたこうも考えた。たとえば生まれた村の人びと、私の若かったころの教え子などが、かりに私にちなんだ碑を建てたいと言い出したときはどうするか。私は文学碑は嫌いだからでは済まされまいとも思った。

なぜなら、文学碑でも記念碑でも何でもいいが、そういうものは多分建てようと思った人びとの、前記の山形新聞のコラムの言葉を借りれば、彼らの「おもい」、説明のつけがたいある感情を実現するためのものなのだ。もし文学碑を建てるということがそういうものであるならば、それは誰にもとめられないし、またとめてはいけないことのように思われる。

そして碑を建ててもらう人は、自分にそそがれる人びとの志をありがたく受け、ついでに心ある人にまた文学碑かと嘲笑されたり、いずれは世に忘れ去られて哀草果の歌碑の運命（いまの状況は知らない）をたどることも甘受しようと、心に決めるものなのではあるまいか。

私がある雑誌に右のような感想を記したのは昭和六十二年、いまから八年も前のことで、もちろん私は他人事としてこの随筆を書いたのである。それが一昨年あたりからにわかにわが身の上に降りかかってきたのには仰天した。私の文学碑をつくりたいという。言っているのは私が昭和二十年代に教えた二学年百数名の教え子である。その話が持ち出されるたびに、私はそれはだめだ、そういうのは嫌いだからやめてくれと言いつづけた。それでも彼らはいっこうにあきらめる気配がないので、一昨年の秋に郷里に帰ったとき、私は泊っている旅館の女将《おかみ》大滝澄子さんに萬年慶一君を呼び出してもらった。

二人とも私の教え子で、郷里に残る同級生のまとめ役をやらされている。萬年君は家業の農業のかたわら鶴岡市農協の理事も兼ねていて、いそがしい身体なのだが、夜になるとさっそくにやってきた。彼の家は旅館から歩いて十分以内のところにある。

私は旅館のロビーで二人を前にならべ、哀草果の歌碑の例も出して、文学碑はだめだと強い口調で言い聞かせた。二人は黙然と聞いていたが、やがて萬年君が顔を上げた。

「先生が派手なことを嫌うことはよくわかっているけれども、文学碑は先生だけのものでなく、私たちのものでもあると思う。碑を見て、ああのころはこんなに身体がちっちゃくて、先生から勉強を習ったなと懐しく思い出したり、そこに碑があることで何かのときには力づけられる、そういうもんではねえだろうか。もし、先生と私たちをむすぶ絆《きずな》を形にしたものが何もなかったら、さびしい」

今度は私が黙って聞く番だった。負うた子に教えられるという言葉がちらりと頭を横切った。結局私は、あなたがたにまかせようと言った。ただし文学碑という言葉を一切使わないことを条件に出した。碑はどこかに「藤沢周平ここに勤務す」というような文字を加えて、校庭の一隅に建てることになるらしい。その動きを私はいま、時にはとてもはずかしく、時には私ほどしあわせな者はいまいと思ったり、複雑な気持で眺めているところである。

解説

桶谷秀昭

藤沢周平が、もしもはじめから現代小説を書きつづけてゐたら、といふ思ひが『早春』を読んだときに、胸に浮かんだ。この仮定につづく結論は、残念ながらかんばしいものではない。——彼は無名作家でをはつたであらう。あるいは、せいぜい、目立たない心境小説の作者としてをはつたであらう。

藤沢周平の時代小説における自然描写の深沈たる奥ゆきの深さは、時代小説の作者としてをはらせるのは、もつたいないといふ感じを読者に抱かせるのである。この文章力は現代小説を書いて活きる質のものである。

『早春』の文章には、まぎれもない藤沢周平の気質からにじみでる、ある哀切な深みがある。主人公の初老の男の淋しさを、気品ある文章が描きえてゐる。妻を失ひ、年頃の娘と二人くらしの、〝窓際族〟の初老のサラリイマンの日々。娘は妻子ある男と関係ができて、勝手に家を出ようとしてゐる。男は手をこまぬいて、為すすべがない。これが現代の日本の父親の平均像なのである。

こんなことでいいわけがないが、これをどうすることもできないのが、現代である。みんなが自分を大事に考へて、自分の自由と相手と他人のそれぞれの自由を尊重して、やたらな干渉を避けるやうになつてから、こんな風になつた。娘が好きな男と結婚するといふのに、父親は反対することも賛成することもできない。結婚が個人の恣意によつて成り立つといふ通念を、誰も疑はないからである。

もしかしたら、主人公は、さういふ通念を信じてゐないかもしれない。しかし、結婚は個人の恣意を超えた制度といふ古風な考へ方を抱いてゐるわけでもない。だから、行きつけの小さな酒場のママとそんな話をしてゐて、「どうするたって、結局は成行きにまかせるしかないんじゃないの」と、溜息まじりにいふのである。「ただし親が責任持たなきゃならないところに来たら、しかるべき責任ははたしましょうということなんだろうなあ」。

おそらく今日の、すこしでも思慮ある親はみんなさういふ風に考へてゐるであらう。さういふ意味でも主人公のこの男は、平均的な現代人である。さういふあいまいな、しかし抜きさしならぬ責任といふ一点において、結婚とか家庭とかが個人の恣意を超えた制度であることを漠然と感じてゐるのである。

ところが、主人公の心が、その感じ方を超えて、或るつよい欲求を抱くときに、作者はこの現代小説の動機を暗示してゐるやうに思はれる。

「しかし無念の思いがまったくないわけではなかった。父親の心には、ごく素朴な形で娘の無垢に対する祈念が隠されている。陳腐な思い入れと言ってしまえばそれまでのことだが、その思い入れが時に切実ないろを帯びるのは、無垢ということに親が幸福の持続を見るからであろう。（中略）そして無垢がそこなわれることと不幸を結びつけようとする気持のありようは、いささか時代ばなれして迷信に似て来るにしても、娘を持つ父親の胸の底にある何事もなければいいというつぶやきは、決しておざなりのものではなかった。それはやはり、たえまない祈りというべきものだった。」（傍点、引用者）

ここに、この現代小説の動機があると同時に、この父親の祈りを実現する通路をどこにも見いだすことができないといふむなしさ、これまで生きてゐて、娘の幸福のために耐へてきたあらゆる辛抱が、水の泡になつてしまふ、そのことにさらに耐へねばならないといふ現代的な主題が暗示されてゐる。

しかし何のためにであらうか。人はさういふ祈念を何のためにあきらめなければならないのであらうか。それは「陳腐な思い入れ」であり、「時代ばなれ」した「迷信」といふ現代の通念のためであらうか。

いつたい、自由とか個人の独立といつた観念が自明の前提として横行し、そのために人が息苦しい状態の中で心から発する自然な祈念すら抑圧しなければならない現代とは何であらうか。いつ頃からわれわれはさういふ奇妙な状態に陥つたのか。――そんな声がこの小説の背後から、ひくいつぶやきとなつてきこえてくる。それはあくまでひくいつぶやきであつて、問題としてそれを解かうといふ声ではない。ひくいつぶやきは諦念へ傾いていくのである。

『早春』は現代小説としては凡作であらうが、時代小説の作者藤沢周平が生まれる原因を暗示してゐる。

藤沢周平はなぜ時代小説の作者でありつづけたのか。この問ひにたいする答へは、すでに彼の文壇的処女作『溟《くら》い海』に暗示されてゐるのである。この小説の主人公は、語りの上からいへば、老残の藝術家北斎であるが、本当は廣重なのである。廣重の「東海道五十三次のうち蒲原《かんばら》」の絵に、北斎は思はず息を呑む。

「闇と、闇がもつ静けさが、その絵の背景だった。画面に雪が降っている。寝しずまった家にも、人が来、やがて人が歩み去ったあとにも、ひそひそと雪が降り続いて、やむ気色もない。」

風景の背景は一色の闇である。この闇は、人の世の歓びと哀しみを生む出来事のすべてが、もうをはつてしまつてゐることを語つてゐる。もはや取りかへしがつかない。

しかし北斎だつたら、人間の哀歓の実体にふみこみ、その修羅場を描かうとするであらう。しかし廣重は、その背景の闇の中に、北斎的な自己表現の藝術意慾を封じ込めた。近代の藝術意慾の極北にあるのが北斎であるとすれば、廣重は北斎の逆道を往く自己表現をおこなつてゐる。作者の藤沢周平は、右の描写でそんなことを考へてゐる。

北斎は廣重が気に喰はない。版元で一度会つたときのいやに落着いた起居振舞、丁寧なものいひ、容易に傷つきさうもない柔和な風貌が癪にさはる。ならず者を使つて闇打ちにしようとする。ところが、やがてあらはれた廣重は、じつに暗い表情で歩いてゐる。それは、「人生である時絶望的に躓き、回復不可能のその深傷を、隠して生きている者の顔」である。

ここで『早春』に戻れば、作者はこの現代小説で、絶望的な躓きの深傷を隠して生きてゐる、暗い顔をした初老の男を主人公にしようとした。そしてうまくゆかなかつた。といふよりは、そんな暗い顔を描いて何になる、それが現代人だとしても、といふ思ひにさまたげられた。むしろこの男の心の中の切実な祈念をもつて、小説の叙述の転調を実現すべきではないか。しかしそれもできなかつた。酒場のママは心やさしい未亡人なんかでなく、亭主持ちで、地上げ屋から高い立退料をせしめるしたたかな女であることがわかつた。ここで転調の糸口も切れた。

作者は主人公を虐待してやまないのである。この虐待の形式が現代小説のレアリズムだから、と心ならずも思つたからであらうか。主人公の祈念がいささかなりとも達せられる筋の運びは、甘い作り話になると思つたからであらうか。

平成四年十月号「オール讀物」のインタビューで、江戸時代に舞台を設定する利点は何かといふ質問に答へて、

「時代物で今の人情を書くには、あの時代がいちばんいいんじゃないでしょうか。（中略）たとえば私小説みたいに自分を小説の中に入れたりするには、時代小説は格好の器だなあ、というふうに思いましたね。現代小説ではちょっと照れくさくて書けないようなことが、時代小説だと可能なんです。そういう意味では、あっちこっちに本音みたいなものも入ってますよ（笑）。」

これは実にさまざまのことを考へさせる発言である。作者の「本音みたいなもの」が現代小説では「照れくさくて書けない」といふのは、小説を超えた近代と現代の日本文明の本質にかかはる問題なのである。

むかし、といつても昭和八年のこと、小林秀雄が『故郷を失つた文学』で述懐した、

現代日本人の望郷の念のことである。自分の母親が現代小説など見向きもしないのに、チャンバラ映画と西洋映画のファンだといふことは何を意味するか。

たとへば、『野菊守《も》り』の主人公斎部《いんべ》五郎助と『早春』の主人公は、江戸と現代の遠い時代の距たりこそあれ、年齢も境遇も似たやうなものである。藩と現代の企業を重ね合はせれば、両方とも初老の窓際族である。しかし、二つの小説の空気はまつたくちがふ。斎部五郎助の冷笑癖は、藩といふ身分社会の拘束性によつて抑圧された自負心に由来するが、その冷笑癖と、ひとり同僚からはぐれて日溜りの中で弁当を喰ふやうな孤独を癒すのは、藩内のお家騒動にほかならない。

五郎助が無外流の剣の使ひ手として若い頃知られたことを記憶してゐる中老の寺崎半左衛門から声をかけられて、お家騒動に捲き込まれる覚悟をする瞬間の心の動きを、作者は次のやうに描いてゐる。

「とんでもないことに巻きこまれるところだな、と五郎助は思った。

中老が追いこまれた苦境はわかるが、おれを味方につけようという考えには無理がある。おれにはそんな力は残っていない、と思ったが、寺崎の声は五郎助の耳に快くひびく。気持を鼓舞するものをふくんでいた。

胸の中の火はさっきよりもっと大きく、熱くなった。火がついたのは、死んだような日日の積み重ねの間に、忘れられ埃をかぶって眠っていた自負心に違いない。五郎助の目に、自信に満ちあふれていた若い自分の姿がちらついた。」

これで充分ではないか。自由だの個人の独立だのといふ観念にわづらはされない、身分社会の拘束性に屈従してゐる下級武士の心が、『早春』の会社員の知らない自由の空気を呼吸してゐるのである。

さらに五郎助は、中老寺崎がやとつた間者の菊といふ娘に出会ふことになる。隠れ家の部屋で、一心に縫ひものをする無口な娘とともに過す時間の中で、五郎助がこの娘に抱く好意は、『早春』の主人公が淋しさと無念の思ひの中に隠してゐる「ごく素朴な形で娘の無垢に対する祈念」の実現にほかならない。読者もまたかういふ小説の場面にながれる時間に心なぐさめられるのである。

明治文明開化によつて日本人が強ひられた西欧文明模倣の過程は、その延長上にある現代の日本人の心に、何かの瞬間に湧き上る望郷の念を抱かせる。この古い心に藤沢周平の時代小説は訴へる。もしかすると、二十一世紀のはじめにある日本文明は、その外皮を剝いでみれば、江戸十八世紀の文明からそんなに遠くないのかもしれない。

（文芸評論家）

初出覚え

深い霧　「オール讀物」平成五年十二月号
野菊守《も》り　「オール讀物」平成六年十二月号
早　春　「文學界」昭和六十二年一月号
小説の中の事実　「オール讀物」平成六年十月号
遠くて近い人　「文藝春秋臨時増刊号・司馬遼太郎のすべて」平成八年五月
ただ一度のアーサー・ケネディ　文藝春秋出版局編「風貌談」所収、平成八年七月
碑が建つ話　「オール讀物」平成八年二月号

文春文庫

早《そう》春《しゅん》　その他《た》

定価はカバーに
表示してあります

2002年2月10日　第1刷

著　者　藤《ふじ》沢《さわ》周《しゅう》平《へい》
発行者　白川浩司
発行所　株式会社　文藝春秋
東京都千代田区紀尾井町3-23　〒102-8008
TEL 03・3265・1211
文藝春秋ホームページ　http://www.bunshun.co.jp
文春ウェブ文庫　http://www.bunshunplaza.com

印刷・凸版印刷　製本・加藤製本
Printed in Japan
ISBN4-16-719235-7

文春文庫

藤沢周平の本

（　）内は解説者

（ ）内は解説者

暁のひかり
藤沢周平
朝の光のなかで竹に縋《すが》り歩く稽古をする薄幸の娘。表題作のほか「馬五郎焼身」「おふく」「穴熊」「しぶとい連中」「冬の潮」を収める。市井の人々の哀切な息づかいをえがく名品集！
ふ-1-15

回天の門
藤沢周平
山師、策士と呼ばれ、いまなお誤解のなかにある清河八郎。しかし八郎は官途へ一片の野心さえ持たぬ草莽の志士でありつづけた。維新回天の夢を一途に追うて生きた清冽な男の生涯。
ふ-1-16

闇の梯子
藤沢周平
平穏無事な人の世にも、その一隅には闇へおりる梯子がかかっている。人間のはからいをこえ運命の糸にあやつられて奈落におちる男たち。この作家独自の色調でえがかれた人生絵図。
ふ-1-17

海鳴り（上下）
藤沢周平
身を粉にしてむかえた四十代半ば、放蕩息子と疲れた妻、懸命に支えた家庭にしのびこむ隙間風。老いを自覚する日々、紙屋新兵衛の心の翳りを軸に、人生の陰影を描く長篇。（丸元淑生）
ふ-1-18

風の果て（上下）
藤沢周平
軽輩の子・桑山又左衛門は家老職につくが、栄耀とはまた孤独な泥の道にほかならなかった。ある日、かつての同門野瀬市之丞から果し状が来る。運命の非情な饗宴を描く長篇。（皆川博子）
ふ-1-20

白き瓶《かめ》 小説 長塚節
藤沢周平
清瘦鶴のごとく住んだと評され、妻も子も持たぬまま逝った長塚節。旅と歌作にこわれやすい身体を捧げた短い生涯をくまなく描く、著者渾身の鎮魂の賦。吉川英治賞受賞作。（清水房雄）
ふ-1-22

文春文庫

藤沢周平の本

（　）内は解説者

花のあと
藤沢周平

娘盛りを剣の道に生きたお以登にも、ひそかに想う相手がいた。手合せしてあえなく打ち負かされた孫四郎という部屋住みの剣士である。表題作のほか時代小説の佳品を精選。（桶谷秀昭）

ふ-1-23

小説の周辺
藤沢周平

小説の第一人者である著者が、取材のこぼれ話から自作の背景、転機となった作品について吐露した滋味溢れる最新随筆集。郷里の風景や人情、教え子との交流などを端正につづる。

ふ-1-24

蟬しぐれ
藤沢周平

清流と木立にかこまれた城下組屋敷。淡い恋、友情、そして忍苦。苛烈な運命に翻弄されながら成長してゆく少年藩士の姿をゆたかな光の中に描いて、愛惜をさそう傑作長篇。（秋山駿）

ふ-1-25

麦屋町昼下がり
藤沢周平

藩中一、二を競い合う剣の遣い手が、奇しき運命の縁に結ばれて対峙する。男の闘いを緊密な構成と乾いた抒情で描きだす表題名品の他三篇。この作家、円熟期えりぬきの秀作集である。

ふ-1-26

三屋清左衛門残日録
藤沢周平

家督をゆずり隠居の身となった清左衛門の日記「残日録」。悔いと寂寥感にさいなまれつつ、なお命をいとおしみ、力尽くす男の残された日々の輝きを描き共感をよぶ連作長篇。（丸元淑生）

ふ-1-27

玄鳥
藤沢周平

武家の妻の淡い恋心をかえらぬ燕に託してえがく「玄鳥」をはじめ、円熟期の最上の果実と称賛された名品集である。他に「浦島」「三月の鮠《はや》」「闇討ち」「鷦鷯《みそさざい》」を収める。（中野孝次）

ふ-1-28